dtv

Botho Strauß erzählt, wovon er noch nie erzählt hat: von seiner Kindheit und Jugend in den 40er- und 50er-Jahren, von Naumburg und Bad Ems, den Orten, in denen er aufgewachsen ist, von seinen frühen, prägenden Erinnerungen. Mit diesem Buch findet er noch einmal zu einer ganz neuen Seite seines Schreibens: zum Ton des Erinnerns, der Vergewisserung über die eigenen Ursprünge.
Die Jugend ist die Zeit, da die Zukunft einem noch bevorsteht; Strauß lässt eine lang zurückliegende Gegenwart wiedererstehen. Vor allem ist es der Vater, dessen Bild immer deutlicher hervortritt, liebevoll gezeichnet, doch ohne Selbsttäuschung. ›Herkunft‹ ist das konzentrierte, reiche Werk eines großen Erzählers.

Botho Strauß, 1944 in Naumburg/Saale geboren, war als Redakteur bei der Zeitschrift ›Theater heute‹ und als Dramaturg an der Schaubühne am Halleschen Ufer in Berlin tätig. Sein umfangreiches Werk wurde mit zahlreichen Preisen ausgezeichnet, u.a. mit dem Jean-Paul-Preis und dem Georg-Büchner-Preis. Botho Strauß zählt zu den bedeutendsten deutschen Schriftstellern der Gegenwart. Er lebt in Berlin und in der Uckermark. Neben zahlreichen Prosatexten sind im dtv Theaterstücke in Einzelausgaben und in vier Sammelbänden lieferbar.

Botho Strauß

Herkunft

dtv

Ausführliche Informationen über
unsere Autoren und Bücher
www.dtv.de

FSC
www.fsc.org
MIX
Papier aus verantwortungsvollen Quellen
FSC® C019821

2016 dtv Verlagsgesellschaft mbH & Co. KG, München
Lizenzausgabe mit Genehmigung des Carl Hanser Verlags

Umschlaggestaltung: dtv unter Verwendung eines Fotos
von akg-images/ddrbildarchiv.de
Gesamtherstellung: Druckerei C.H.Beck, Nördlingen
(Satz nach einer Vorlage des Carl Hanser Verlages)
Gedruckt auf säurefreiem, chlorfrei gebleichtem Papier
Printed in Germany · ISBN 978-3-423-14505-3

HERKUNFT

I

Der Vater sitzt an seinem Schreibtisch, sieht hinunter auf den Fluß, den Kurgarten, ist immer zuhaus von früh bis spät, unterbricht die Tagesarbeit nur zu den Mahlzeiten und zum Mittagsschlaf. Natürlich, das Kind darf oder soll ihn nicht stören, aber dafür ist er auch immer da, immer in der Nähe, man hört seine Schritte im Flur, man wird mitgetragen von seinem akkuraten Regelwerk. Er ist kein Schriftsteller. Er erstellt Gutachten für die pharmazeutische Industrie, prüft, ob dieses oder jenes Präparat, das eine Firma auf den Markt zu bringen wünscht, den Gesetzen der Gesundheitsbehörde entspricht. Auch entwickelt er selbst Arzeneien, kosmetische und medizinische, Tinkturen und Dragees. Stellt Rezepturen zusammen (er ist approbierter Apotheker und promoviert in Chemie), die er dann an kleinere Arzneimittelfirmen verkauft. Er möchte am liebsten »auf Lizenzbasis« bezahlt werden. Aber das gelingt ihm nur selten, und meist wird schlecht oder betrügerisch abgerechnet.

Es schwebt ihm vor: Lizenzbasis, das ist etwas Ähnliches wie Tantieme, denn er verehrt die Schriftsteller und schreibt selbst ein ausgefeiltes, zuweilen etwas überschmücktes

Deutsch. Und wenn das »Werk«, das neue Arzneimittel, einschlägt, erfolgreich ist, dann kann die Familie später einmal davon leben. Denn dem galt seine tägliche Mühe: Ich Alter, Freier und Unabhängiger, wie versorg ich Frau und Kind?

Was sollte älter und gültiger sein als Pflanzenheilkunde? Mein Vater hätte sich darauf verlassen können, selbst in einer Zeit, da jedermann nur zu den allopathischen Heilmitteln griff, die in den fünfziger Jahren den Markt überschwemmten. Trotz des zutiefst Hergebrachten und der beständigen Weisheit seiner Materie kamen ihm laufend Neuerungen in die Quere, aktuelle Entwicklungen, vor allem, seiner Meinung nach, unbotmäßige, absurde Gesetze des Gesundheitsministeriums.
Von seinem Schreibtisch aufschauend, begegnete ihm zuerst die Kuppel des Kursaalbaus, in der die Lesehalle untergebracht war. Dann drüben auf der anderen Lahnseite der Wasserturm mit seiner schiefergedeckten Spitze und dem vergoldeten Wetterhahn. Dahin wird sich sein Blick jedesmal verloren haben beim Nachsinnen. Und unten immer der Fluß, davor die gestutzten Platanen im Kurpark. Wie schön gewohnt, wie gut geschaut! Beiseite der großen Verkehrsadern des Landes zwischen Köln und Frankfurt, in einer kleinen Stadt, einem historischen Badeort, Ems.

Ich beobachtete die Morgentoilette meines Vaters, wenn ich ausnahmsweise im elterlichen Schlafzimmer übernachtet hatte, vielleicht weil die Mutter verreist war und Verwandte besuchte. Lindgrüne Voluten rahmten den Kleiderschrank, das Bettgestell und den Spiegel. Die ganze Einrichtung war Mitte der dreißiger Jahre von einem Naumburger

Schreiner zur Hochzeit meiner Eltern angefertigt worden. Der Vater stand vor dem hohen drehbaren Ankleidespiegel und band die Krawatte, mühte sich mit den Manschettenknöpfen, oft unter Flüchen. Dabei rauchte er seine Morgenzigarette der Marke »Finas«. Auf einem Fußschemel wurde der Strumpf mit einem Halteriemen befestigt. In den Krawattenknoten wurde eine Nadel mit Perle gesteckt. Dies war damals schon aus der Mode, und ich fand es so affig und eitel, daß ich häufig gegen diese Marotte protestierte. Ich wollte meinen Vater gewöhnlicher haben, er sollte nicht auffallen, nicht vornehm sein, sondern ein schmuckloser Mensch von heute. Die Väter aller meiner Kameraden waren so viel normaler als der meine, der sich in Kleidung und Körperpflege hervortat und die meisten seiner Mitmenschen der Ungepflegtheit zieh. Am Leben in der Gegenwart, nicht zuletzt weil sie ihm berufliche Erfolge versagte, konnte er wenig Gefallen finden. Die Morgentoilette war das unverzichtbare Zeremoniell einer häuslich-heroischen Selbstbehauptung. Es ging darum, Figur zu machen, sich abzuheben von den gewöhnlichen Zeitgenossen, die sich vernachlässigten. Er arbeitete, solange ich ihn wahrnahm, in der eigenen Wohnung und setzte sich stets sorgfältig gekleidet an den Schreibtisch. Jeden Morgen folgten auf das ausgiebige Bad mit Kopfwäsche die Naßrasur und das Beschneiden von Fuß- und Fingernägeln. Vor dem Bad wurden zehn Minuten lang am offenen Fenster gymnastische Übungen gemacht. Die Haare wurden mit Brisk leicht gefettet und glatt gebürstet sowie mit einem rechten Scheitel geteilt. (Er mußte zu seinem Verdruß zum Frisör gehen, denn dieser kam nicht mehr wie zu besseren Zeiten ins Haus.) Der Tageslauf war streng geregelt und der Uhr unterworfen. Kurz nachdem ich aus dem Bett geholt wurde und ins Bad durfte, begann sein Morgenspaziergang. Darauf folgte das Frühstück, dann der Arbeitstisch. Noch heute fühle ich oft seine von der frischen Luft gekühlte Haut an meinem schlafwarmen Gesicht bei der Morgenbegrüßung, wenn ich einmal später zur Schule mußte und er schon vom Spaziergang zurückkam. Und wenn es kalt draußen war, dann tränte sein Auge stark.

Die Behausung und die bergenden Zeremonien, sie sind für den einzelnen zuweilen das, was die Institutionen für die Gemeinschaft bedeuten; diese Regeln, die man durchaus nicht als leer ansehen mag, da sie offenkundig die Selbsterhaltungskräfte stärken. Gegen halb eins das Mittagessen. Häufiges Nörgeln über die Eintönigkeit des Wochenspeiseplans. Anschließend Lektüre der Tageszeitung (»Die Welt«, weil dort im Feuilleton regelmäßig »Caliban« alias Willy Haas schrieb), Einnicken auf dem Sofa, sitzender Mittagsschlaf. Niemand durfte zwischen eins und drei anrufen. Telefon und Türklingel wurden abgestellt, und an die Wohnungstür wurde ein kleines Schild gehängt: »Von eins bis drei wird nicht geöffnet.«

Gegen halb drei, manchmal um drei, höre ich Geschirr in der Küche klappern: der Vater bereitet sich den Kaffee (die Mutter ruht zu dieser Stunde noch im Bett, sie hat sich, solange die Haushaltshilfe fehlte, erst nach dem Küchenabwasch hinlegen können). Der Vater bringt, sofern wir uns gut verstanden, den Kaffee nach vorn zu mir ins Zimmer. Ich unterbreche die Schularbeiten oder die Lektüre, und er trinkt, an meinem Fenster sitzend, seine Tasse. Wir sprachen dann miteinander über alles, was uns gerade beschäftigte. Er gab seine Meinungen oder kritischen Kommentare zu meiner Lektüre oder den von mir bevorzugten Musikstücken. Es war die Tageszeit, nach dem Mittagsschlaf, in der er am mildesten gestimmt war. Viele Fragen habe ich meinem Vater gestellt und habe immer gute Antworten bekommen. Obwohl ich als Heranwachsender für ihn kein Verständnis aufbrachte und er für meine Zeit nicht, habe ich immer versucht, bedürftig, begierig versucht, ihn zu einer Übereinstimmung wenigstens mit einigen der Bücher zu bewegen, an denen mein Herz hing. Wenn mir dies hin und wieder gelang, wenn zum Beispiel ein Stück von Brecht seine Anerkennung fand, kamen mir die Tränen vor Glück, vor sieghafter Harmonie. Als ließe sich doch zwischen uns alles einen …!

Thomas Mann war nicht nur sein bevorzugter Autor (namentlich der frühe der monarchistischen Phase), sondern auch ein Stimmungsverwandter in der Betrachtung geschichtlichen Lebens, das im Falle meines Vaters an Aufstieg und Niedergang von Reichen mehr aufwendete, als gewöhnlich einer Generation zugemutet wird. Er belieh ihn auch stilistisch. Andererseits zeigte kürzlich die Lektüre einiger Briefe, die er der Mutter und mir 1964 nach Pontresina schickte – die Reise war ein Geschenk für mich zum bestandenen Abitur –, daß er auch ein sehr sicheres, gewandtes und unmaniertes, sehr ansprechendes Deutsch schreiben konnte. Daneben verriet er eine fatale Neigung zu harmloser Heiterkeit in der Literatur. Immer wieder hat er mir die Schnurren eines Rudolf Presber ans Herz gelegt, mit denen ich aber zu keiner Zeit irgend etwas anfangen konnte.

Die Schriften des Vaters habe ich nie lesen wollen. Weder

sein einziges Buch mit dem Titel »Nicht so früh sterben!« noch die polemischen Aufsätze in seiner »kritisch-satirischen Monatsschrift«, die erst »Der Kompaß«, später »Enthüllungen« hieß und die er nach Krausschem Vorbild allein verfaßte, herausgab und an seine interessierte Klientel versandte. Es waren zweihundert bis dreihundert Stück im Monat, die meine Mutter eintüten und frankieren mußte. Später wurden die Interessierten immer weniger, die satirische Feder des Vaters bekam eine splittrige Spitze, das Heftchen wurde mit Artikeln aus alten Nummern gefüllt.
Er las mir hin und wieder etwas daraus vor und mußte ertragen, daß ich mich von seinen reaktionären Bosheiten abgestoßen fühlte. Daß ich auf seine schriftstellerische Tätigkeit nichts gab, wird ihn besonders gekränkt haben. Denn ich war schließlich durch ihn zum Leser erzogen worden.

Der Philosoph, dem er am meisten folgen konnte, war – damals weiß Gott nicht außergewöhnlich – Ortega y Gasset. »Li, hör mal zu«, sagte er zu meiner Mutter abends, wenn sie nebeneinander auf dem Eßzimmersofa saßen, sie mit einer Illustrierten, der Vater mit dem »Aufstand der Massen«. Dann las er eine Seite vor und versuchte die Mutter mit etwas anspruchsvolleren Gedanken zu beschäftigen. Darüber kamen sie beide in ein Sinnieren und Vermuten über allerlei berufliche und familiäre Dinge.

Ich wundere mich, wie diese frühe Prägung nun, da ich längst selber ins »Alter des Vaters« eintrat, langsam, aber unerbittlich ihre Wirksamkeit entfaltet. Die Strenge des Vaters, sogar einzelne seiner Ansichten steigen wie eigner Erfahrungsbestand ins Bewußtsein. Man altert, trotz der sozialen

Bedeutungslosigkeit von Tradition, immer noch geradewegs in das hinein, was man einst als rettungslos veraltet empfand. Vielleicht sucht man auch nur die letzten Spuren einer Überlieferung für sich selbst zu sichern, und dann tut sich auf einmal unter dem klapprigen, zugigen Verschlag einer deutschen Nachkriegsherkunft ein festerer Boden auf, als man ihn bei den späteren geistigen Landnahmen je unter die Füße bekam.

Heute, am 9. April 1990, hätte der Vater seinen hundertsten Geburtstag gefeiert.

Hundert Jahre ist es nun her, daß mir dies Schicksal entstand. Was hätte ich ihm diesmal geschenkt? Eine Schachtel Zigarren der Marke »Europa«. (Jetzt steht noch eine bei mir, gefüllt mit Wäscheklammern.) Was werden wir tun, heute an deinem Ehrentag? Nun, Hundertjähriger, du wirst deine Geschenke betrachten, die Blumen bewundern, die zwei Gratulantenbriefe lesen, der eine von der Schwester Martha und der andere vom Schwager aus Gladbach. Die übrigen beruflich, Klientengrüße, aber auch regelmäßig Präsente darunter, ein Baumkuchen wie jedes Jahr aus dem Schwarzwald. Dann gehst du wie alle Tage an deinen Tisch und nimmst die Arbeit auf. Zu Mittag dein Lieblingsessen, Pfannkuchenrollen mit Fleischfarce und grünem Salat. Vielleicht nach dem Mittagsschlaf ein wenig länger in die Sonne blinzeln. Später gibt es Kuchen, und Frau Landes, die Nachbarin vom Modehaus Landes, schenkt eine Garnitur Taschentücher aus dem besseren Sortiment.

Ein geschliffener Stein, ein Achat stand die letzten Jahre auf seinem Tisch, ein Geburtstagsgeschenk meiner Mutter. Eingelassen darin das Geschoß, das Projektil mit der abgebogenen Spitze, das in einer Gefechtsnacht 1916 oberhalb der Nasenwurzel die Stirnwand des Vaters durchschlug und das linke Auge zerstörte. Sein Verwundungstag wurde in der Familie jährlich mit Blumen und einem guten Essen begangen. Unter dem Stein, dem Andenken, liegt jetzt ein Zettel mit seinen letzten handschriftlichen Zeilen. Der zittrige Titel-Entwurf zu einem volksmedizinischen Nachschlagewerk: »Der große Schwindel mit den Arzneimitteln«. Ein Aufklärungsbuch für die Massen, an deren Wohlergehen ihm in Wahrheit wenig lag.

Ich habe deinen Tod nicht zu mir genommen damals, im Jahr des Aufbruchs, 1971. Ich war zum Vorwärtsblicken unterwegs, und die Trauer beugte mich nicht. Ich dachte auch, er käme dir recht. Ich sah, daß du zuletzt genug hattest und dir das Leben zu schwer wurde. Sicher, nur um mich vor dem Angriff des Schmerzes abzuschirmen, habe ich dich für erlöst erklärt. Erst langsam bin ich dann hineingewachsen in deinen Tod und diesen umfassenden Sinn für Vermissen. Er wurde der eherne Ring, der mein Bewußtsein umschloß. Wenn ich dich sehe in all deinem Tod, nur noch erschöpfte Seele und gutmütig, als hätte die Unterwelt dir den Verstand und die Bosheit geraubt. Du einzige Quelle meiner Erinnerung! Nie hätte ich mich irgendeines Geschehens erinnert ohne deine Schule der Erinnerung. Alles, was war, wurde überhaupt Gewesenes durch dich. Aber an deinem Geburtstag laß uns nicht weiter vom Tod reden, sondern von den fröhlichen Tagen, als du ein Junge warst und mit deinen Brüdern im Vierer auf der Saar gerudert bist. Denn an Flüssen und mit den Flüssen haben wir immer gelebt, Saar und Saale und später gemeinsam die Lahn. Sie sind es, die uns das Leben an Ort und Stelle so schwer machten.

Wie sehr liebte ich ihn in den Augenblicken, da er mir etwas erklärte! Als wir uns 1955 in Ems in der Volksschule Freiherr vom Stein beim Rektor vorstellten und anschließend über das Eis der zugefrorenen Lahn gingen, da war ich an seiner Hand. Natürlich mußten gleich darauf noch Heftchen (Tarzan, Akim, Sigurd etc.) bei Fräulein Wurzler in ihrem Zeitschriftenladen gekauft werden. Und er erklärte mir, auf die Kurbrücke, den eisernen Steg, deutend, weshalb der Blick ins Sonnenlicht unser bloßes Auge stärke. Das eine Auge. Das linke Brillenglas über der leeren Augenhöhle, in der nur ein rötlicher kleiner Schlitz lag, war fleischfarben getönt, an der Seite mit einer Blende geschützt, so daß niemand seine Wunde sehen konnte. Daß er zeitlebens unter dieser Entstellung litt, bekam ich zu meiner Verlegenheit oft genug zu spüren, wenn er Einfältige schroff zurechtwies, die ihn zu fragen wagten, was er denn da »am Auge« habe. Er entbehrte das plastische Sehen, und die Geschmacksnerven waren beschädigt. Manchmal erwache ich nachts mit der Fingerspitze an seinem Augenloch und berühre die Wunde des Ersten Weltkriegs in seinem Gesicht. Wieviel Zeit von ihm zu mir! Was war, Geschichte, strömt durch die Fingerspitze im Traum. Geboren wurde ich unter einem lachenden und einem leblosen, zerschossenen Auge. Woher sollte mir je Symmetrie und Gleichgewicht zu Hilfe kommen?
Wie schimpflich aber, daß ich mich so genierte, wenn ich ihm mit meinen Kameraden auf dem Schulweg begegnete, wenn er mir entgegenkam auf dem Rückweg von seinem

Morgenspaziergang und ich nicht wagte, ihn unbefangen zu grüßen! Nie vergesse ich das bittere Lächeln, mit dem er zu verschmerzen suchte, daß ich ihn verleugnete. Ja, ich schämte mich des Unduldsamen, der so provozierend anders schritt als die übrigen, lässigen Bürger. Er hatte sein ganzes Wesen abweisend und stolz gemacht um seine Entstellung herum. Und immer wieder sehe ich heute sein Entgegenkommen auf meinen Wegen! Ja, nutze nur die Reue, das reinste Wasser der Vergegenwärtigung! …
Ein Mann war er. Ein einzelner nach altem Ibsen-Format. Ein Mann ist, wer zu lieben und zu hassen vermag. Kein Anwalt des Sowohl-als-auch. Ein Volksverächter mit törichten Verblendungen. Aber niemals ein Rohling, niemals einer, der anderen Unglück gebracht hätte. So hart ich mich mit ihm maß und stritt, so gelehrig hing ich ihm an. Unzeitgemäß war er und war es mit Kraft und Grimm. Er ähnelte in manchem wohl dem, was Kierkegaard von seinem Vater berichtet: schwermütig und herrisch; das Kind in Liebe würgend. Es scheint mir bisweilen, daß er, den ich täglich schreiben sah, mich nötigte, diese gebeugte Haltung zu übernehmen und nachahmend ihn mir zu erhalten. Das war weder Entschluß noch freier Wille.

Dieser Mann, der durchaus nicht an mich glaubte, sondern seine spätere Lebenszeit mit der fixen Idee verengte und belastete, mich bis ans Ende meiner Tage versorgt zu wissen, der mich also mit all seiner Liebe hilflos machen wollte, dieser Mann hatte mir gar keine andere Wahl gelassen. Ein ernster Mann, ja. Kraftvoll noch in seinen läppischen Empörungen und Irrtümern, als hätte er sie gebraucht, um damit seinen Gram zu nähren.

Ich erinnere mich daran, daß er sich zu seinem fünfundsiebzigsten Geburtstag selbst einen kleinen Jubiläumsartikel für die »Deutsche Apothekerzeitung« schrieb, wo er auch veröffentlicht wurde. Niemand hatte seiner gedacht, wie man anläßlich eines solchen Datums wohl eines Schriftstellers öffentlich gedenkt. Und ich habe ihn, an seinem Schreibtisch sitzend, die Hand an die Stirn gesetzt, die Verletzung abschirmend, fotografiert. Den Apparat hatte er mir in Trier auf unserer zweiten Reise in seine Heimat geschenkt. Bei der ersten bekam ich nach hartnäckigem Quengeln und Betteln ein Texashemd, kurzärmelig, mit Szenen aus dem wilden Busch, so wie es damals in Mode war und wie er es verabscheute. Aber das und so vieles mehr, was er mir nur widerstrebend gestattete, war eben der Preis, den er entrichten mußte, um mich bei sich zu haben auf den sentimentalen Rückfahrten des alten Mannes an die Stätten seiner Kindheit. Eine 6x6-Kamera. In Trier gingen wir in die Ruinen eines Freilichttheaters und sahen »Die lustigen Weiber« von Otto Nicolai. Ach, wir gingen und gingen. »Das Militär, wenn ich dir das nur ersparen könnte«, sagte mein Vater, und es war für ihn ein Quell beständigen Kummers, daß ich bald eingezogen würde. Er war ein großer Hasser des Militärs und der Militärs. (Letztere schilderte er mir gern als Gestrandete, die nach dem ersten großen Krieg in Kiosken Zigaretten verkaufen mußten.) Er konnte es mir ersparen. Als ich gemustert wurde, überreichte ich seine Eingabe, den vielleicht schönsten und wertvollsten Brief meines Lebens, in dem mein Vater sein Schicksal als Schwerkriegsbeschädigter, als Ostflüchtling, als hochbetagter Freiberufler schilderte und um die Entbindung von der Wehrpflicht seines einzigen Sohnes ersuchte, der ihn bald ernähren müsse. So erlangte ich zwar keine Frei-, jedoch eine Rückstellung bis zum Ende des Studiums und wurde dann nie eingezogen.

Über zwei Menschenalter habe ich Frieden erlebt. Schwer vorstellbar, sollte man denken, daß dies ein für allemal so weitergeht. Anders als in der Epoche meines Vaters würde der Bruch für unsereinen vielleicht erst in späteren Jahren kommen, und man wäre durch nichts ertüchtigt, ihm standzuhalten. Der Vater zog als Vierundzwanzigjähriger in den Ersten Weltkrieg. Er kehrte mit zerschossener Stirn, ein schwerversehrter junger Mann, wenig später aus Frankreich zurück. Er hatte dann genug von patriotischen Beglükkungen, gleichwohl blieb er im Herzen kaisertreu, deutschnational auf seine Weise. Er erlebte den Zusammenbruch der Weimarer Demokratie, das Hitler-Reich, den Zweiten Weltkrieg, den allerdings zuhause. Er verließ Hab und Gut in Naumburg, ging in den Westen, fing mit sechzig Jahren freiberuflich wieder von vorn an.

»Wir sind weggegangen«, so höre ich ihn, »weil wir nicht wollten, daß du dort zum Kommunisten erzogen wirst.« Tatsächlich hätte er ruhig bleiben können, er wäre gebraucht und gut untergebracht worden, allerdings der Fabrik enteignet. Er war mutig genug, alles aufzugeben, ohne nur im geringsten ein Unternehmertalent zu besitzen. In einem Alter, da andere sich auf die Pension vorbereiten, begab er sich mit der gesamten Familie einschließlich Schwager, Schwägerin und Schwiegermutter auf die Flucht und ging etliche Unsicherheiten ein bei der Gründung einer neuen Existenz. Er hat auch nicht wirklich gesiegt. Das Leben im Westen sollte ihm nie wieder vergleichbare Erleichterungen bringen, wie

sie ihm »drüben« als Mitinhaber einer pharmazeutischen Fabrik für die Dauer weniger Jahre verstattet waren.
Von einem gutbürgerlichen Lebensstil ging es leicht bergab zu einem recht bescheidenen, mitunter kleinbürgerlichen. Ob sich Lecithin unter bestimmten Bedingungen vollständig in Wasser lösen ließe, wollte er untersuchen. Er experimentierte zuhaus mit allerlei Reagenzgläsern. Wenn's nicht »ausflocken« würde, so wäre der große Erfolg erzielt. Die Laborbedingungen waren jedoch höchst unzureichend. Er beauftragte einen befreundeten Arzneimittelhersteller, nach seinen Angaben exaktere Versuche durchzuführen. Was daraus wurde, habe ich vergessen. Jedenfalls blieb der erhoffte umwerfende Erfolg auch diesmal aus.

Sein einziges Buch war sein großer Stolz. »Nicht so früh sterben!« erlebte kurz nach dem Krieg eine zweite Auflage und wurde auch ins Holländische übersetzt. Beim Blättern im Verfasserkatalog einer Bibliothek entdeckte ich zwei seiner Titel. Auch eine Reihe Broschüren zu Gesundheitsfragen hatte er veröffentlicht. Ich fand den Verfasser-Vater neben dem Verfasser-Sohn. In diesem Grab jedenfalls liegen wir schon jetzt beieinander. Und dann, beim erstmaligen Lesen in einer seiner Broschüren, 1938 verfaßt, erschrak ich über eine sehr unangenehme Zeile. Darin wurde zum Zweck der geistig-seelischen Erfrischung die Betätigung in der Hitler-Jugend empfohlen. Für jemanden, der sich als ingrimmiger Gegner dieses Regimes verstanden und betragen hatte, erschien mir das arg. Es mochte das Plädoyer für die natürliche Gesundheitspflege sein (wie sie heute in unzähligen alternativen Ratgeber-Büchern verbreitet ist), die ihn hier auch die Grenze zum verhaßten Dritten Reich überschreiten ließ; es mochte aber auch ein wenig Anbiederung an die potentiellen Leser-Volksmassen ihn verführt haben. Jedenfalls war ich darauf erleichtert, als ich bemerkte, daß in dem Bändchen nirgends sonst vom Völkischen oder der Volksgesundheit die Rede war. Trotzdem hatte mich seine Verwendung des Namens Hitler in einer positiven Empfehlung getroffen.

Die Schritte, die Geräusche, die Stimme des Vaters im Flur, zuverlässig, untadelig, gewohnheitsstiftend. Kaffeegeruch und Geruch vom Stoff des übergestülpten Kaffeewärmers. Die frischen Brötchen im Beutel mit gesticktem Namenszug an der Wohnungstür. Dunkle Morgen im späten November, eine Woche vor meinem Geburtstag, verschwommenes Aufstehen, beim ersten Blick in den Badezimmerspiegel fast wieder in den Traum gesunken, Magengrimmen vor bohrenden Fragen im Klassenzimmer. Mein dunkelblauer, viel zu langer Popelinemantel mit Schulterklappen und versilberter Gürtelschnalle, viel zu lang und abstehend im unteren Schoß; immer ein wenig stutzerhaft gekleidet, zu alt für mein Alter, und nie haute es ganz hin, war nicht vom besten Geschmack. Baumhüttenbau am Waldhang, Sonntagnachmittage im Kino, Fahrradtouren und der Geruch des Gummis in den Satteltaschen mit nassem Badezeug, Abendbrot, und die ersten Fernsehbilder in Schwarzweiß, Erhard, Peter von Zahn, Ulbricht. Jedes Bild, noch das flüchtigste, war die frühe Einlage in ein Depot von Sinnesreizen, die wertbeständig und hochverzinst dem Alter einen guten Ertrag an Gedächtnis bringen. Die Erweiterung eines Horizonts besteht nicht selten darin, daß sich einem das Gewesene öffnet. Nur auf dem Feld der Erinnerung kann man noch expandieren, reicher werden, zunehmen. Man erinnert sich einer Zeit, da man noch den Schutz der Zukunft genoß: die Dinge, wie man ihnen auch begegnete, sie standen bevor. Es gab keine selige Kindheit. Vielmehr gibt es im Lauf der Jahre ein gerüttelt Maß an Enttäuschungen, die einen zurückversetzen in jene Tage, als jedes Ding noch im Geruch der Unschuld stand, jedes Erlebnis die Versprechung enthielt, es werde bald einmal anders kommen; das Quälende der Unreife werde vorbeigehen, das Angenehme an der Jugend aber werde sich noch steigern lassen, wenn man erst einmal erwachsen, souverän genug geworden sei.

Ich brauchte mich noch nicht darüber zu ärgern, daß eines meiner Fahrtenmesser einen billigen Plastikknauf hatte, geschmacklose Imitation eines Hirschfängers, während der Griff des anderen, mir lieberen, mit Bast umwickelt war. Meine Begriffe waren noch angereichert mit wertvollem Unwissen.

Da lag es wieder vor mir, Ems, mein Städtchen. Der Fluß, die Lahn, bog sich zwischen den Anhöhen von Taunus und Westerwald, die drei Brücken sah ich, das Kurhaus mit dem Kuppelvorbau im Promenadengarten. Die Straße, in der ich aufwuchs, Römerstraße, zwischen Fluß, Kuranlagen und Berg, eine enge Durchfahrt, in der sich oft die Autos stauten. Als ich klein war, war sie noch beidseitig befahren, und mir war eingefleischt, um sie zu überqueren, erst nach links und dann nach rechts zu sehen, was ich jetzt noch tue, obwohl sie längst autofrei und verkehrsberuhigt ist.

In seiner Anmut liegt der Kurort verschämt und verloren da, mißachtet, weil er einmal ein so berühmtes Kaiserbad war und weil er nach den besseren Zeiten dann gleich die ganz gewöhnlichen gesehen hatte, in denen Sozialverschickte aus dem Ruhrgebiet ihren Bronchialkatarrh und ihre Kreislaufstörungen kurierten. Die Horde von Steckenmännern, wie sie bei uns hießen, hat sich nun auch auf wenige Patienten verringert, nachdem die Krankenkassen den Anspruch aufs Kuren beschränkt haben. Wegen der engen Lage am Fluß zwischen Taunus und Westerwald hatte sich das historische

Stadtbild im wesentlichen nicht verändert seit den Tagen, da Dostojewski, Kaiser Wilhelm I., Effi Briest und Wagner hier zur Kur und Sommerfrische weilten. Es gab so gut wie keine Industrie, keine nennenswerten Zerstörungen im Krieg, der Erz- und Silberbergbau, einst neben den Heilquellen der wichtigste Bodenschatz, war seit Jahrzehnten eingestellt. Der Vater meines besten Schulfreunds war noch als Bergamtmann tätig. Es lohnte dann nicht mehr, die Aufbereitung der Erze wurde unrentabel, der Silberpreis auf dem Weltmarkt verfiel, und die letzte Grube wurde in den sechziger Jahren aufgegeben.

Vom Taunusufer der Lahn sah ich auf dem Spaziergang hinüber zu der Stelle, wo einst das große Schulhaus stand, das Goethe-Gymnasium, nahe dem unablässig zum Unterricht das Wehr rauschte. Was heißt: rauscht*e*? Wo es immer rauscht.

Denn wie eh und je höre ich es zu allen Stunden meines Lernens. Die Schule wurde niedergerissen, ein Thermalbad steht jetzt dort. Kein Hof mehr, keine Stunden, vor denen man sich fürchtet oder die man leicht herumbringt. Nur immer der flache Wasserfall des Wehrs und vorher die Gabelung des Flusses, dessen stiller Arm in die Schleuse für die Frachtkähne läuft.

Im Traum rannte ich umher im oberen Stockwerk des Goethe-Gymnasiums, ich lief die breite Steintreppe hinunter und suchte nach dem Pedell, Herrn Ritter, der immer Milch aus der Flasche trank, um von seiner Schnapsfahne abzulenken. Ah, dieses vertraute, beklemmende Gebäude! Dieser große, grobe Quader, seit Schülergedenken immer eine

Schule, ursprüngliche Anstalt! Von alters her noch die hölzernen, knarrenden Schulbänke mit den Klappsitzen, den von Ritzereien bedeckten Pulten, den hörsaalartig aufsteigenden Reihen beim Chemie- und Physikunterricht, den freien Tischen mit Stühlen in Musik und Zeichnen, wie später überhaupt in der Oberstufe, rechts oben in der letzten Klasse vorm Abitur, zur Viktoriaallee gelegen. Wie oft schweifte von dort der Blick, den freien Nachmittag suchend, hinaus auf die lieblichen Abhänge über der Lahn und der Altstadt und nach Fachbach hin. Dies tiefe Gebäude und die Ruhe auf den Fluren während des Unterrichts. Aber beklommen durcheilt, wenn man zu spät kam, die dunklen Gänge, die langen Reihen von Kleiderhaken, all die aufgehängten Kapuzenmäntelchen schon! Dagegen der selbstbewußte Schritt durch dieselben Flure, wenn man während der Stunde im Auftrag des Lehrers etwas zu erledigen hatte, unterwegs war in ernster Mission oder gar zum Direktor gerufen …

Heute nacht hatte ich ihn vor mir in unzerstörbarer Anwesenheit, in seinem Zimmer den Direktor, Dr. Seifert, dessen Stück, eine Dostojewski-Bearbeitung, Gut Stepantschikowo, wir ausgesuchten Primaner mit verteilten Rollen lasen. Er hatte es als Hörspiel verfaßt, das aber niemand senden wollte. Nun wurde es von ihm einstudiert für eine Aufführung zum alljährlichen Sommerschulfest. Ich sah, wie er mit der Brille spielte, Bügel im Mund, etwas krummbeinig auf und ab gehend, die Lider flatternd, die Augen bis ins Weiße hinauf verdreht, wenn er seine trockenen Scherze machte. Kratzende Aussprache, sehr nasal, großer Zinken; flache, fliehende Stirn, weißes, dünnes, vom Pfeifenrauch gegilbtes Haar. Knappes mehrfaches Nicken beim Gruß. Die Pfeife im Mund, abgebröckelte Zähne. Konnte toben und schnauzen. Liebte den Hauptmann von Köpenick und ließ uns die Szene, in der die Häftlinge die Schlacht von Sedan nachspielen mußten, ebenfalls nachspielen. Auf einem alten Moped fuhr er all die Jahre zur Schule, in Mantel und Ledermütze, zog es dem Auto vor, da es eine reiterähnliche Haltung ermöglichte. Der Direx. Rex temporis acti.

Ein Schulkamerad, ein Freund, der wegen seiner Kinderlähmung von Haus aus mehr durfte, in gewissen Dingen freizügiger behandelt wurde als ich: Gerald Stolze. Er besaß eine Luftpistole. Wir schossen im verwilderten Garten mit spitzen Bolzen, die kleine bunte Büschel trugen. Mit ihm rauchte ich zum ersten Mal, »Walders« nannten wir die glimmenden Lianenstengel, und später die erste Zigarette, Overstolz. Er sah immerzu mitleidheischend aus, und ein wenig bigott war er, wie seine Mutter. Die Augen des Vaters, des Pfarrers, waren hinter einer spiegelnden Brille etwas wäßrig verschwommen, nicht deutlich zu erkennen. Eines Tages, als es mit Gerald und mir nicht mehr zum besten stand, kam sein Vater zu meinem Vater, und er zitterte und humpelte so, als hätte auch er die Kinderlähmung. Er erledigte alle Besorgungen mit dem Fahrrad, Klammern am Hosenbein, und soll zeitweilig ein Weggefährte von Martin Niemöller gewesen sein. Aber das hörte ich öfter von älteren evangelischen Pfarrern, nachträglich waren sie alle bei der Bekennenden Kirche gewesen. Andererseits erzählte man von Pfarrer Stolze auch, er sei wegen eines Betrugsdelikts frühzeitig pensioniert worden. Er kam also zu uns und zeigte meinem Vater einen Füllfederhalter seines Sohns, der nicht mehr funktionierte. Er erläuterte das beschädigte Objekt umständlich und erklärte, laut Gerald sei es auf meine Einwirkung zurückzuführen, daß es nicht mehr funktioniere. Mein Vater fand diesen Besuch kurios und überflüssig. Er fragte sich, ob der Herr Pfarrer auf diese ungeschickte Weise nicht vielmehr versuchte, seine Bekanntschaft zu machen. Er mußte ihn schließlich ein wenig von oben herab behandeln, indem er ihm, nicht ohne die Sache scheinbar wichtig zu nehmen, die Summe für einen neuen Füllfederhalter abschließend aushändigte. Der Griff meines Vaters zur Börse in der Gesäßtasche war eine profilierte Gebärde, die nicht nur mit meiner kindlichen Habgier unauflöslich verkoppelt blieb, sondern auch mit einer großzügigen Entlohnung, die ich später als Schüler empfing. Für den Besuch des freiwilligen Griechischunterrichts an unserem neusprachlichen Gymnasium bekam ich pro Doppelstunde zehn D-Mark. Die wohl nützlichste und ertragreichste Investition meines Lebens.

Gerald Stolze hielt später eine Zucht von Goldhamstern und wurde sie nirgends los. Es gab einen kleinen dicken Spielzeugkaufmann, der auch eine Tierhandlung hatte und den wir Kinder, wohl zu Recht, für einen ausgemachten Gauner hielten. An ihn hatte Gerald schließlich seine Hamster abgegeben. Ich nahm auch einen, der kurz darauf so viele Junge warf, daß er sie bis auf eines selbst verzehrte.

Da lachten die Nachgeborenen, daß sich einer erst für den Krieg begeisterte, wie mein Vater es tat, der für seinen Kaiser als Einjährig-Freiwilliger ins Feld zog und dann, nachdem sein Dienst ihn ein Auge kostete, zum Pazifisten wurde. Hätte er doch vorher das richtige Gewissen gehabt! Als wäre Menschengesetz verfaßt von Besserwissern, vom Witz eines

Kabarettisten! Immer formt Schicksal eine tiefere Einsicht, als die Intelligenten, die seine Macht nie zu spüren bekamen, sie für sich in Anspruch nehmen dürfen.

Den meisten meiner Generation geschah nur ein lautloses Schicksal, Ausbleiben oder Aufschub des nebelbrechenden Schreis. Dieser aber zerriß die Lothringer Winternacht im Jahr 1916, als das Geschoß dem jungen, fünfundzwanzigjährigen Mann aus dem Saarland das Loch in die Stirn bohrte, im Knochen steckenblieb und ein Blutschwall das herausgedrückte linke Auge überströmte. Ringsherum das Stöhnen und Brüllen der sterbenden Kameraden; den ein oder anderen noch aus seiner Feldflasche trinken lassen, seinen letzten Brief an sich nehmen – davon konnte das Kind nicht genug Erzählung haben. Was gäbe ich dafür, ihn noch einmal alle Einzelheiten jener Inferno-Nacht schildern zu hören und die ganze Wucht des lebenswendenden Treffers durch die Gelassenheit des Erzählers, des Überlebenden in mir aufzunehmen! …

Jemand, der schon deshalb Pazifist ist, ob er will oder nicht, weil er in den vergangenen sechzig Jahren ausschließlich in Friedensgesichter geschaut, täglich Friedensverrichtungen ausgeführt, in Friedenszimmern gesessen und Friedensaussichten genossen hat, dieser nicht bekennende Pazifist sieht aus solchem Zimmer nicht mehr allzu weit entfernten Kriegen zu, die meist asymmetrisch und in unauffindbaren Fronten verlaufen. Möglicherweise erliegt er nun der Vision von einem plötzlich beendeten Frieden auch in seinem Land. Terrorakt und Fanatismus gingen auch 1914 voraus, als der Vater seinen Gestellungsbefehl erhielt und in eine immerhin erkennbare Front einrückte. Doch die Plötzlichkeit des Attentats von Sarajewo war eingeschränkt, der Krieg überraschte kein friedliebendes Europa.

Wie beschwingt hingegen erzählte der Vater von seinen Jugendjahren in Merzig an der Saar im letzten Jahrzehnt des neunzehnten Jahrhunderts! Denn wir beide, er und ich, wir reichen heute, am 9. April 1990, in direkter Abfolge über ein ganzes Jahrhundert ... Ruderboote baun und Theaterspielen auf dem Dachboden mit den sechs Geschwistern. Hatte er nicht auch Künstler werden wollen und mußte jede Regung dahin unterdrücken? Er konnte auch nicht Arzt werden, wie er's sich wünschte. Nach dem Tod seines Vaters fehlte das Geld, um das Medizinstudium zu beenden. Er sattelte um auf die Pharmazie. Wieviel harte Versagung! Krieg, Verwundung und ungeliebter Beruf. In den Jahren der Weimarer Republik vertrat er in Apotheken. Lange in der Frankfurter Bahnhofsapotheke. Auch Zürich, Leipzig und München. Er erzählte viel von den Kranken, Kriegsversehrten und Rauschgiftsüchtigen, denen er zu ihrem Morphium verhalf. Er war mit reichlich mehr Menschen in Berührung gekommen als ich, bevor er sich von ihnen absonderte.
Oft denke ich daran, wie er mich vermahnte, wenn ich nicht aufsah von den Büchern, mit diesem Tasso-Spruch, es bildet ein Talent sich in der Stille, sich ein Charakter in dem Strom der Welt.
Schließlich war er im Strom der Welt, zumindest der Menschen und der Leute gewesen, war wie ein Wandergeselle durch die Apotheken gezogen und hatte sich viele Jahre mit Stellvertretungen sein Brot verdient. Jeder Menschenschlag in allen deutschen Landen war ihm untergekommen, bevor

es ihn in die Stille zog. Begründet in reicher Erfahrung war seine spätere Misanthropie nach einem bewegten Leben, zu dem das meine keinen Vergleich bietet.

Die Schwestern meines Vaters hießen Tilla, Frieda, Martha, Mariechen. Die Brüder: Max und Heini. Der Vater Ed, von Eduard. Ich bekam einen Brief des Sohnes von Mariechen. Er war zu der Zeit Landgerichtspräsident in Saarbrücken. Ich wußte nichts von ihm. Im Brief wird unter anderem erwähnt, ich sei in den fünfziger Jahren einmal in Düsseldorf bei der Schwester Martha zu Besuch gewesen. Ja, das stimmt, und als sie mich auf der Haustreppe erblickte, durchfuhr sie ein Schreck, den ich nicht vergessen werde. Sie rief mit einem freudigen Entsetzen: »Wolfgang!« Das war der Name ihres Sohns, der im Krieg vermißt war. Sie hielt mich im ersten Augenblick für den späten Heimkehrer. Ganz unwillkürlich auf den sinnlichen Anschein hin, obgleich mein Besuch angekündigt war. Offenbar war ich von Statur, Alter und Erscheinungsbild dem Wolfgang ähnlich, so wie er vor vielen Jahren in den Krieg gezogen war. Ich war bei dieser Begegnung vielleicht siebzehn, und sie hatte mich zuletzt gesehen, als sie die Eltern und mich nach der Flucht aus dem Osten beherbergt hatte, zehn Jahre zuvor. Der Augenblick, da ich wie eine Erscheinung auf sie wirkte und als ein wahrgewordener Traum, als ein Auferstandener und als ein heiles Wiedersehen, verwirrte mich sehr. Der jähe Wunderglaube auf ihrem Gesicht verstellte, vereitelte meine tatsächliche Ankunft. Ich fürchtete, ich könnte in ihrer Verkennung steckenbleiben wie ein Fisch in der Reuse. Aber sie sah dann, wer ich sein mußte. Ich spürte ihre Enttäuschung, und auch diese ist mir tief eingeprägt. Alle meine folgenden Ankünfte sind um diesen vorgeschalteten Verdacht, ich könne enttäuschen, unsicherer geworden. Ich höre in mir den Wechsel ihrer Stimme hinunter in den Alltagston, den Übergang zu der ihr eigenen, etwas ruppig-rheinischen Art, dem bitteren Humor, mit dem sie den Menschen im allgemeinen begegnete, nachdem ihr der Liebste, der Sohn, ausgeblieben war. Wieviel wärmer und empfindlicher klang doch der Ausruf aus ihrem überraschten Herzen, im Augenblick der beglückten Verkennung! Wie gesagt, mein Eintreffen, wo auch immer, war fortan stets von einem Höheren, nämlich einem Vermißten überschattet. Außerdem hat mich mein Eintreffen mit den Jahren gelehrt, daß es eigentlich keine erfüllte Erwartung gibt. Es gibt die enttäuschte Erwartung und all das Schöne, das unerwartet geschieht.

Von Walchen kommt morgen zu Besuch! Der alte Justizrat, ich sehe ihn in diesem Augenblick aus größter Nähe, Close-up der Erinnerung, nur sein Gesicht. Die Eltern kannten ihn noch aus Naumburg. Ich war gehalten, ihn mit dem Titel anzureden, bis er selbst es mir erließ. Seine starken Schmisse am linken Mundwinkel, seine Wagner-Nase, seine Schweratmigkeit, der große ballonförmige Kopf mit dem spärlichen Haar im Kadettenschnitt. Den Ring der verstorbenen Frau trug er am linken kleinen Finger, die Ziertuchspitze ragte aus der Reverstasche, die hellen blauen Äuglein schienen klüger als der ganze Mann. Mittelmäßiger Rechtsanwalt, arbeitete in der Kanzlei des Dr. Weber, den ich auch einmal traf nach einem Konzert der Rheinischen Philharmonie und der für ein paar Monate Justizminister in einer Erhard-Regierung war.

Von Walchen kam alle vierzehn Tage nach Ems zum Abendessen, abwechselnd fuhren die Eltern nach Koblenz, um sich dort mit ihm im Restaurant »Ewige Lampe« zu treffen. Der Vater beklagte sich regelmäßig über die sterbenslangweiligen Begegnungen. Der Hausfreund war wegen seines

Asthmas häufig zu Besuch in Ems, er hatte die Eltern auf der Kurpromenade angesprochen, sich als alter Naumburger vorgestellt und gemeinsame Bekannte in der ehemaligen Heimat namhaft gemacht.

»Von Walchen kommt morgen«, war dann auch ein Seufzer der Mutter bei der Vorbereitung seines Empfangs, obwohl er sie stets mit Blumen und Handkuß und der Aufmerksamkeit des alten Kavaliers begrüßte. Mehr Form als Witz. Gleichwohl wirkte die Form nicht leer, sondern verbindlich, nie äffisch oder affektiert. Von Walchen liebte die sinfonische Musik, besuchte regelmäßig die Abonnementskonzerte der »Rheinischen«. Wie auch ich damals. Er schenkte mir ein Bändchen über die Berliner Philharmoniker, später Bücher über Furtwängler und Karajan. Die beiden alten Herrn, der Vater und der Hausfreund, als er einmal zum Mittagessen kam, hielten auf dem Kanapee gemeinsam ihren Mittagsschlaf. Irgendwann kam es zwischen ihnen zu einer Verstimmung; ich glaube, es geschah im Zusammenhang mit einem Rechtsstreit, bei dem der Vater vom Justizrat vertreten wurde.

Von Walchen kam nicht mehr; er ließ es bei Festtagsgrüßen bewenden. Die Unduldsamkeit meines Vaters hatte auch diesen letzten, müden Rest von bürgerlicher Geselligkeit vertrieben. Nichts mehr, niemand mehr. Nur diese kleine Kuhle warmer und wohliger, enger und spannungsloser Gewohnheiten. Und doch gab es diese Sommerabende, wenn Vater und Mutter den steilen Pfahlgraben hochkamen (entlang dem einstigen Verlauf des römischen Limes) zu unserem Hanggrundstück mit dem kleinen gemauerten Gartenhaus, das auf einem weitgehend ungelichteten, verwilderten Gelände stand. Hier zog ich nach Schulschluß

oft mit dem Luftgewehr herum und löcherte gefüllte Milchdosen. Und dann kamen sie mit der Einkaufstasche voll Abendbrot. Wir saßen unter der Markise vor dem kleinen Fachwerkbau, der Vater trank sein Bier und erwog, das Grundstück mit Wasser und Strom zu versorgen und gar die Genehmigung für einen Hausbau einzuholen – hier hoch über dem letzten bewohnten Haus von Ems und mit dem Blick hinunter ins Lahntal. Aber nie ist es dazu gekommen, die Sehnsucht nach der einsamen Villa auf der Anhöhe blieb, was sie war, schon aus finanziellen Gründen.
So war bis zuletzt das trockene, unangeschlossene Gartenhaus unser einziger Grundbesitz. Aber daß mir jetzt die Abendstunden auf dem Hang noch einmal so nahe kommen, ein Zoom in der Zeit, heißt letztlich, mehr zu besitzen als eine Villa, erregt einen süßen Schmerz, macht Wunder und Wunde des Vergehens ununterscheidbar.

Josef Suks Klavierstücke zufällig im Radio: »Quand maman était encore une petite fille« und »Jadis au printemps« … Wie gern hätte ich meine Mutter einmal in ihren schönsten verführerischsten Mädchen-Kleidern tanzen gesehen auf Festen und Empfängen. Ich weiß nichts von ihrem Frühling, dem Glanz der jungen Frau. Nur was sich davon erhielt in ihrem lebensfrohen, warmen Wesen, habe ich gekannt … Hell waren die Abende von sechs bis sieben vor dem Abendbrot, wenn die beiden Eingehakten ihre Promenade machten, hier und da noch ein Einkauf, eine Schachtel »Finas« oder »Prince de Monaco« bei der holländischen Tabakhändlerin, die »Hör zu« bei Fräulein Wurzler … Ach, ich habe nur diese sommerhellen, unerschöpflich hellen frühen

Abende, und mir scheint, daß es vor allem die Stunden erhöhter Erwartung in der Kindheit sind, die stärker als andere Erinnerung stiften.
Das Gedächtnis ist eine Variable der Sehnsucht, so daß Fernweh und Heimweh, Erwartung und Erinnerung in ein und demselben »Enzym« des Unerreichlichen symmetrisch angeordnet sind.

Ich höre die Schritte, die niemals schlurfenden Schritte des Vaters, der weder Hausschuhe noch gar Pantoffeln trägt, wenn er aus seinem Arbeitszimmer in den Flur tritt und sich das Jackett über dem Bauch zuknöpft. Geringe Bauchrundung, die mit den späten Jahren fast ganz verschwand.
Der Verletzte, der Beherrschte. Seine starke Disziplin, aber auch seine kleinen Freuden, die Biere am Abend, die Sucht nach Sonnenstrahlen, als ob das nicht erloschene Auge doppelt davon nötig hätte. Zu den Freuden gehörte auch, was er mir erzählen konnte und, auf mein Drängen hin, noch einmal erzählte. Zusammenwuchsen wir in Ems, sobald man sich mit mir verständigen konnte, so um mein zehntes Jahr herum.
Jetzt, da der dichte Schneefall draußen, so spät im Jahr, ungemütliche Ruhe bringt, sehne ich mich nach deiner Geburtstagsfeier, denn ich habe dich so lange nicht erzählen hören. Ob es jemals so kalt war an deinem Geburtstag? Sicher. Alle Wetter waren dabei – und die Geburtstage ziehen weiter durch alle Wetter, so lang ich sie zählen werde.

Es sind die Hände meines Vaters, die mir einen Sinn dafür gaben, daß die Eigenschaften, das Herz eines Menschen vordringen können bis in seine äußeren Gliedmaßen. Gliedmaßen von Güte und Mut, kein verlegenes Anhängsel. Sie lenkten mich, lange nachdem sie mich nicht mehr berühren konnten, lange noch nach ihrem Verfall von Wohlgestalt in kaltes Pulver. Wären es schwache Hände gewesen, etwa geknickte, wie Pfötchen herabhängende, oder hätte es je von dieser Hand eine mißlungene, unsichere, deutelnde oder verkrampfte Gebärde gegeben, ich wäre längst ein aus der Bahn geworfenes Subjekt, oder, schlimmer, ein immer noch überheblicher Sohn. Es gab sie aber nicht. Die Hand war allenfalls nicht besonders geschickt, wenn es darum ging, an den Apparaten zum technischen Gebrauch etwas einzustellen oder zu fügen. Es fiel ihr schwer, und sie zitterte leicht; unwirsch, nicht ängstlich zitterte sie, wenn ein Radio oder ein Plattenspieler bedient werden mußte. Ich kenne sie nicht als Faust, und ich kenne seine zehn Finger nicht tief ineinandergefaltet oder verwunden. Wohl die Fingerspitzen leicht zusammengesteckt, wenn beide Hände über dem Bauch lagen beim Mittagsschlaf – so wie ich sie zum letzten Mal sah, auf dem Totenbett. Die Hand hat mich gestraft und liebkost; sie hat mir die ersten Blumen gewiesen und die erste Zeile im Buch.

Sie hat mir die Täler und Burgen, später die vom Großvater, dem Architekten, erbauten Tunnel und Häuser gezeigt an Mosel und Saar, wo seine Kindheit und Jugend vergingen. Sie lag dabei in meinem Nacken, umfuhr kein Gelände, sondern hielt mich an zum Schauen hinüber in seine Frühe, vor der jedoch der ungeduldige, heranwachsende Junge gleichgültig blieb. Unfähig, sich mitzusehnen nach den verwunschenen Obstgärten, den geheimnisvollen Geräteschuppen und den selbstgezimmerten Ruderbooten.

Etwa um 1960 standen wir vor seinem Geburtshaus in Merzig an der Saar. Wenig andächtig sah ich den roten Backsteinbau mit dem dunklen Gartenhang im Hintergrund. Aber *sein* Herz, es mir zu zeigen, schlägt mir jetzt! Er sah das Haus, wo er vor gut siebzig Jahren geboren worden war; es stand noch unverbaut an gleicher Stelle, sah noch genauso aus, war nicht erweitert, nicht verschandelt, keinem Neubau, keiner falschen Begrünung hatte es weichen müssen. Die große zerstörend-erneuernde Geste fuhr erst ein wenig später über Stadt und Land der Bundesrepublik. Und er sah die Kirche, in der er konfirmiert wurde, auch sie belassen und unverändert. Ich sah aber beides nicht, ich fotografierte die Gebäude, wie er es wünschte. Es muß auch dies wie so vieles an meinem lieblosen Verhalten ihn geschmerzt haben. Aber welch ein Unverständnis seinerseits: daß ein Halbwüchsiger, der keine Erinnerung besitzt, keinen Sinn für sie, sich in die eines alten Mannes einfühlen sollte!
Aber was hat er gesagt, als wir dort standen? Was hat er bloß gesagt?

Die Gebärde – die Hand, die sich in den Nacken legt – reicht so tief, weil sie von den Tieren bei uns überlebt: immer im Nacken faßt das Maul der Katzenmutter das Junge, um es in ihre Obhut zu bringen.
Die Hand legte Wert auf formgerechte Begrüßung. Sie konnte sehr schneidend geboten werden, wenn etwa ein Schulkamerad mit nach Hause kam, der diese selbstver-

ständliche Aufmerksamkeit, sich zu erheben und den Vater mit Handschlag zu begrüßen, versäumte oder nicht für nötig hielt. Viel Zeremonielles, viel bedachte und hergebrachte Äußerungen der Hand hatten sie geformt, fest und vertrauenswürdig gemacht. Sie wurde zu keiner Gelegenheit, außer um das Schnupftuch oder den Schlüsselbund hervorzuholen, in die Hosentasche gesteckt. Die Linke, wenn er am Tisch saß und schrieb, lag bei aufgestütztem Ellbogen als Schirm über der Augenbraue. Die Hände, die mich führten, ich habe sie niemals verlegen gesehen! Nie gesehen mit beiden Flächen das ganze Gesicht bedecken; keine Verzweiflung des oft unglücklichen Mannes geriet je bis zu ihnen hinauf... ja, hinauf. Denn manchmal erscheinen sie mir jetzt als das geistigste, sprechendste Teil eines Menschen in der Anschauung. Eine Bemessenheit, eine Sicherheit, die sich gleichsam unabhängig von der des Verstands und des Charakters ausgebildet hatten und die dem Gequälten so in seinem Inneren nicht vergönnt waren.

In späteren Jahren plagte ihn in der rechten Handinnenfläche, dicht neben der Hauptsehne, eine höckrige Knöchelbildung. Ich weiß heute, da ich sie selbst unter der Haut habe, daß es sich um ein unbedeutendes abnormes Ossiculum handelt. Aber er befürchtete mitunter, es könnte ihn beim Schreiben behindern, da seine Hand ohnedies schwerer und seine Schrift unleserlicher wurde. Kein Stift lag ihm richtig an den Fingern, obgleich die Mutter zu jedem Geschenkfest einen neuen überreichte. Den Ehering trug er am Ringfinger der Rechten. Er war so tief ins Fleisch gezogen, daß er ihn nie abstreifte. Anders als auf Dürers Zeichnung »Melencholia« bedeckte seine Wange die flache Hand ohne eingezogene Finger und nicht als Schwermut-Stütze. Vielmehr verbinde ich die Haltung mit einem amüsierten Zuhören, etwa während einer Fernsehsendung, wobei der linke Arm quer über der Brust lag und die Fingerspitzen auf dem Bizeps des gewinkelten rechten. Es gab die Hände allerdings in beide Jackettaschen gesteckt, so daß die Daumen herausstanden. Schwierige Hände, wenn sie es mit *selbständigen Gegenständen* zu tun hatten, wenn der Kolben, die Phiole geschüttelt und gegen das Licht gehalten wurde. Gewöhnliche Hände, am gewöhnlichsten überhaupt, wenn sie auf den Tasten der Schreibmaschine hackten. Dagegen ausgefächert und zart, wenn sie die Klaviertasten berührten. Da er nicht nach Noten spielen konnte, sondern nur nach dem Gehör, behielt sein Anschlag immer etwas Ungefähres und Suchendes, und die flach aufgesetzten Finger vertuschten die Fehler leicht.

Wenn ich alle Lebenszüge, Anwendungen, typischen Ausdrucksformen seiner Hand aufzählte, so wie sie mir nach und nach in den Sinn kommen – die Rundung zwischen Daumen und Zeigefinger fällt mir in diesem Augenblick ein, wenn er das monokelartige Leseglas vom Brillenrand nahm, den Aufsatz, den er vor das einzige, das rechte Auge klemmte, und das Teil wurde anschließend in ein kleines, rundes Lederetui geschoben und in die Weste gesteckt, ja, eine Weste wurde immer getragen, oft der vollständige Straßenanzug am Schreibtisch, manchmal statt des Jacketts eine Hausjoppe, aber natürlich nicht zur Mittagstafel – wenn ich also Gebärde um Gebärde sammelte, so ließe sich daraus das ganze kümmerliche und würdevolle, bittere und mutige, das schmerzlich-gefestigte Leben dieses Mannes heraufbeschwören, jedenfalls jener Abschnitt, den ich mit einigem Bewußtsein selbst miterlebt habe, an seiner Hand, die letzten sechzehn Jahre in der Emser Wohnung, mein Aufwachsen, eng und hell zugleich, im Anblick des Flusses und im Schatten des Bergs, mit dem Kurgarten zu Füßen, den gelben Narzissen und roten Tulpen alljährlich zu Ostern.

Heute sind viele Hände nicht sehr gefestigt, nicht breit und gewölbt genug im Handteller. Wenn sie irgendwo offen daliegen, scheinen sie sich zu schämen und werden schnell unruhig. Man sieht ihnen nur zu deutlich an, wieviel kurze und kleinliche Berührungen sie ausführen, man sieht ihnen ihre mehr oder weniger gegenstandslose, abstrakte Umwelt an. An sich selber pflückende und zupfende, sich verhaspelnde, unstete Hände. Zu schweigen von solchen, die sich zu kleinen Fäusten verkrallen. Fäustchen, in die man sich nicht einmal lachen, die man niemals gegen irgendwen drohend in der Luft schütteln könnte und die immer dort nur sich ballen, wo die Hände die meiste Zeit verbringen: in den Hosentaschen. Solche Fäustchen gleichen vielmehr kranken Blättern, die ihre entzündeten Ränder nach innen einrollen. Viel hätte passieren können und ist nicht passiert: Das ist ihr ganzer Ausdrucksgehalt. Verschonte kleine Greifer!

In einer der vergangenen Nächte flanierte ich mit meinem Vater und mußte erleben, daß er kurz vor der eisernen Kurbrücke in die Knie brach, sich langsam vorbeugte und zur Erde streckte. Aus seinem rechten Ohr strömte Blut. Ich wußte, daß es nun zu Ende war, und lehnte mich zu ihm. Sein Auge sah mich matt, und es war ein müdes Leid in ihm, das mir kaum gebot, ihm zu helfen. Seine Gestalt mürbe und kalt. Und doch überkam mich ein merkwürdiges Glücksgefühl: Er würde nicht mehr antworten. Wir beide waren erlöst von einem langen und oft mühevollen *Gegen-*über, von unserer beider *Gegen*-wart.

So bin ich nun sein Pfad. Durch mich kommt er herüber, geht er zurück. Ich bin sein Wandel, den er braucht, um zwischen Dort und Hier, Abwesenheit und Anwesenheit frei zu verkehren. Ich kann's nicht unterscheiden, unterscheide nicht, ist er da, ist er fern ... Er kommt hier immer wieder mal vorbei. Sieht mich, sieht mich nicht. Spricht mit mir oder nur für sich. Was mich umgibt, ist seine Sphäre. Dies da, Höhlengrau im Cortex, Windungen, Furchen, Ventrikel (kleine Bäuche), Taschen, Zysten, Kammern jeder Größe. Dort, dritter Ventrikel im Höhlengrau, Sitz der Erinnerung, sagte der Vater gern. Ach, veraltetes Wissen. (In den Wissenschaften hat nichts seinen festen unverrückbaren Platz.) Gutes, gesundes, wohltuendes Wissen, das ausgedient hat. Zu nichts mehr zu verwenden, ruht es, strahlt Ruhe aus. Aber in meinem Sinn der Vater, der aufmerksam liest, das Kinn zur Brust gesenkt, der leicht gekrümmte Zeigefinger liegt an der oberen Buchseite, zippt am Rand. Lang vor dem Umblättern steckt die Fingerkuppe zwischen den Seiten. Wie gerade erscheint sein Gesicht, trotz der Entstellung! Und das eine Auge: wie sorgsam, wie besorgt folgt es den Zeilen! Er sitzt unter dem bläulichen Licht, vor dem Mittagsschlaf wurde der Kunststoffvorhang gegen die Sonne zugezogen. Das bläuliche Licht, schummrig und warm, sendet seine Strahlung durch die Zeit! Alle Bewegung der Erinnerung gleicht Perihel und Aphel des Planetenlaufs um die Sonne: Herkunftsnähe, Herkunftsferne. Nie aber wird der Umlauf verlassen.

Außer den peniblen Tischsitten, zu denen ich angehalten wurde, gab es die Anweisungen zum pfleglichen Umgang mit Büchern, etwa daß man beim Lesen niemals eine Buchseite unten oder gar mit befeuchteter Fingerspitze umschlage. Ich kann hin und wieder sehen, wie er aus seinem Zimmer tritt, das Licht im dunklen Gang anknipst und sein Jakkett mit beiden Händen zuknöpft, wenn er einem Besucher entgegenkam, dem die Mutter die Tür geöffnet hatte. Die Strenge des einzigen Auges wachte, ob der sich auch formgerecht benahm. Der schwach beleuchtete Flur war auch die Wegstrecke, die die Großmutter mit ihren schweren Beinen an zwei Stöcken täglich zweimal zurücklegte. Der Korridor wurde für sie, und durch sie auch für mich, das Maß aller engen beschränkten Bewegung, allen Verzichts auf Auslauf und Außenwelt. Wo das Licht nur bis an den Dämmer stieg und dann wieder sank, wie ein zu schwacher, greiser Tag. Andere haben Landstriche und Nachbarschaften, Dörfer, Städte, Straßen, Meere zur Heimat. Ich einzig diesen Flur, den mageren engen fensterlosen Gang mit sieben geschlossenen Türen rechts und links. Kehrte ich dort nicht ein von Zeit zu Zeit, in dieses Asyl des Kindes, und liefe ein paarmal trampelnd auf und ab, an der Großmutter vorbei, die sich gebrechlich an den Stöcken dahinschleppt und mahnt, daß ich sie nicht umschmeiße, so besäße ich gar nichts Unverletzliches mehr.

Am Ende unserer Zimmerflucht, wenn alle sieben Türen einmal offenstanden, sah man an der hinteren Wand das kleine Regal mit Büchern zweiter Klasse und obenauf die Bronze-Kopie einer Dante-Figur, die sich am Felsen hält, ergriffen vom Blick in den Schlund.
Morgen wird die Wohnung der Eltern aufgelöst. Morgen wird meine Kindheit entrümpelt.

II

Ich fuhr mit dem Bus hinauf zwischen Wintersberg und Malberg zum bewirtschafteten Forsthaus, wo bei faulen Lehrern oft der Wandertag beendet wurde. Ich sah die Hänge mit Wiesen und Obstbäumen und mußte laut flüstern: »Wie schön! Mein liebes Land!«

Doch neben mir bogen Leute sich merkwürdig beiseite. Niemanden bewegten das Tal und die Hügel und die Birnen am Baum. Dabei waren sie nah und keinen Schimmer weniger herrlich, als in der Erinnerung gesehen. Nichts ansehnlich mehr, so sagte ich mir, als was nicht die Augen der Herkunft sehen. Ich fuhr, ich sah es vor mir und sehnte mich doch genauso noch wie im Gedächtnis des Schlafs.

Frühmorgens, bevor ich zur Schule ging, sah ich häufig den Ruderer im Einer auf dem Fluß. Er pfeilte zwischen den Brücken abwärts in schnellen Stößen. Auf der Straße vom Rad rief der Trainer durch seine Kommando-Tröte.

Was ist vorbei? Vorbei war's gleich. Aber nun ist es fern, so lange her. Wer schwindet mehr – dies Bild oder der es in sich trägt? Es entrückt mich, es wärmt mich. Ich denke ihm nach

und finde, daß blaue Ferne am schönsten ist, wenn sie weit hinter uns liegt.
Es gehört ja nicht zu solchen Bildern, die man aus dem Kino kennt, auch nicht zu Kunstwerken, die an den Wänden hängen. Vielmehr handelt es sich um ein Implikat, eines jener zeugenden Bilder, die Stammzellen sind eines bestimmten Sehens, Empfindens, Begreifens. Bilder, die in unserem Leben ein eigenes Wachstum haben, indem sie sich selber niemals ganz der Wahrnehmung öffnen.

Und sind noch immer dieselben Wiesen, auf denen uns Kinder der Flurhüter jagte, der das Obst vor Dieben schützte. Wer wäre heute der Wächter vor den ungeernteten Bäumen, den reifen Früchten im Überfluß? Weder Kriegswitwe noch Häusler noch Strolch, die hierher zum Plündern kämen. Die Früchte verderben in großer Fülle und stehen in grauer Verlassenheit, so daß sie nicht einmal mehr die Stare anlocken. Sie schwellen und lasten am Zweig wie uneingestandene Wörter der Liebe. Sie bieten den traurigen Anblick, Mißgeschenke der Erde zu sein.

Gang über den Klopp, Bismarckturm. Zurückgekehrt auf die Anhöhe, wo sich einmal die erste Liebe erging. Wo in einem Wegknick zwischen Birnbaum und Holunder noch der Gedanke hängt, den man damals als Neunzehnjähriger an gleicher Stelle, bei gleichem Blick faßte, sei es an ein Auto, das man sich noch nicht kaufen konnte, sei es an eine Formulierung von Sartre, die man mit der Freundin diskutierte. Schwer zu verstehen, daß dies also Heimat ist, wo Anfänge gesät wurden mit den achtlosen Blicken über die Felder, als noch keinerlei Sinn für die Schönheit der Landschaft bestand. Und doch ist eben diese Schönheit mit ihren Büschen und Wäldern zum hegenden Versteck geworden für die Stunde des frisch Verliebten, der ihrer damals nicht achtete. Die stundenlösende Rückkehr macht es fast gleich, ob man damals mit der einen ging oder heute mit einer anderen: man sprach jeweils aus Gelüsten, die nichts mit den Wörtern, dem Sprechen zu tun hatten, und sie allein ließen einen übermütig werden, vorlaut in einer geduldig lächelnden Landschaft unter den sanft uns parodierenden Erlenblättern mit ihrem noch schnelleren, aufgeregteren Geräusch. Der violette Klee, der Eisenhut, die Sumpfdotterblume, die zarten hohen Rispen der Gräser, die eine vorbeistreifende Hand im Gespräch zerbröselte …

War nicht alles im wesentlichen Gespräch? Was war schon groß geschehen? … Diese spät aufplatzende Blüte Kindheit … Jahrzehnte hat man ihrer allenfalls anekdotisch gedacht, keine Locksignale kamen von dort.

In den sechziger und siebziger Jahren der alten Bundesrepublik benutzte man mahnend den Ausdruck »Vergangenheitsbewältigung«. Vergangenheits*über*wältigung wäre eine Katastrophe gewesen. Anders verhält es sich mit der Vergangenheit des einzelnen in seiner Lebenszeit. Hier erscheint auf einmal *Erinnerung* als ein zu possierliches Wort. Das Subjekt tritt in die Aura seiner Damaligkeit. Was war, überkommt es wie ein Anfall. Es ist ja kein ruhiges Tal, in das man besinnlich hinabschaut. Was war, liegt immer über dem gegenwärtigen Standpunkt. Ein unbezwingliches Reich, das keine Aufklärung je erobern könnte.

Mein Vater war Alchemist. Er stand in der Verwandlung der Stoffe. Er wußte: Was ist, ist kombinier-, legierbedürftig zu dem hin, was besser wäre. Dieses Programm, einmal angenommen, bekommt man so schnell nicht wieder aus dem Blut. Mit ihm gelangt man niemals zu beständiger Festigkeit.

Man kann aus jeder Zeit, und sei sie noch so blaß und dünn, eine Essenz ziehen, einen atmosphärischen Gewinn, der zugleich von ihr abhängig ist, wie er sie überbietet. Erkenntnis, welche die Materie hinter sich läßt, die sie inspirierte. Heute ist man um vieles intelligenter als in den fünfziger Jahren. Das allgemeine Bewußtsein ist geschult im Durchschauen und Erklären. Hier müßte also eine neue Essenz aus dem Wissen und dem Wissentlichen gezogen werden, um das bloß Kluge, das niemanden heilt, der nötigen *Weißung* oder Veredelung zuzuführen. Damit schließlich das Herz noch einmal höher schlage als die Zunge!

Erinnerst du dich, ob es ein Schultag war oder ein Sonntag, an dem du elf geworden bist? Im Jahre fünfundfünfzig war ein strenger Winter. Die ersten Wochen in der neuen Heimat an der Lahn. Der Fluß stand still. Der Vater brachte dich über das Eis zur Schule, meldete dich beim Direktor an. Der neue Schüler! Welche Beklommenheit, die sich im Leben niemals wieder löste! Eine Riege von fremden Kindern, die dich nicht einreihen wollte. Nur mit Hilfe kleiner Mutproben und Heldentaten, schließlich durch den Pakt mit *einem* anderen war da hineinzukommen. Zuerst mußtest du vor der gesamten Klasse vorsingen. Du sangst falsch und wurdest ausgelacht. Einer baute sich auf vor dir und behauptete, er hieße so wie du, auch ein Strauß. Nie kamst du dir verhöhnter vor, das war noch nicht passiert, dein Name schien einzig dir zu gehören wie Seele und Gesicht. Nun warst du der Verwechselbarkeit preisgegeben, der Fremde trug deinen Namen, das war ein Angriff auf den innersten Stamm.

Zuhause auf dem Gabentisch stand das Südstaaten-Fort aus braunem, lackierten Holz, umzingelt von kleinen Plastikindianern. Das Ratespiel, wo auf einem magnetisierten Spiegelkreis ein Roboter sich drehte und die Antwort mit dem Zauberstab wies. Ein Quartettspiel mit den neuesten Automarken, mit Limousinen noch auf Schwarz-Weiß-Fotos. Eine Luftdruckbüchse, mit der man kleine Korken abschoß. Es gab den trocknen Marmorkuchen von der Großmutter, die Kerzen schrieben eine Elf, davor stand der Adventskalender mit zwei geöffneten Luken. Es muß doch eine Bescherung nach der Schule gewesen sein, denn drüben auf der anderen Flußseite, am Fuß des Malbergs rauschten die hellen Fenster der Eisenbahn vorüber, und der Nachmittag im Dezember dunkelte früh.
Im Grenzbereich von Blei, Ton und Bakelit bewegten sich damals die Stoffe der Spielfiguren, Autos und Gehäuse, eine Epoche des Übergangs für unser Gebrauchsmaterial. Ebenso wie auf dem Puppentheater Gesichter aus Holz, Pappmaché und Kunststoff nebeneinander spielten.

Mein Garten dort unten, sagte die Mutter zuweilen. Doch es war nur die Blumenrabatte im Park, den sie seit langem nicht mehr betreten konnte. Von ihrem Fenster aber sah sie das Beet und pflanzte über das Jahr, setzte mit alten Augen die hohen Levkojen, die Tulpen für Ostern und von lang her entsonnene Rosen. »Hier habe ich nun so viele Jahre

gesessen und immer hinunter auf die Straße und den Park gesehen.«
Genauer gesagt: Von der Mitte des vergangenen Jahrhunderts bis bald zu seinem Ende. Seit über zweiundvierzig Jahren gab es Ems, Römerstraße achtzehn. Nun soll ich anrufen im »Staatsbad«, unserem Mietherrn, um die Wohnung zu kündigen. Die Mutter zieht ins Altersheim.

Am letzten Abend zuhause erinnerten wir uns an den Einzug im Winter fünfundfünfzig, an unsere Freude über den schönen Ausblick, besonders als wir am Fenster der Großmutter standen: »Die Eisenbahn, sieh doch, die Eisenbahn!« Auf dem Lahnufer gegenüber fuhr der Regionalzug nach Gießen mit seinen hellerleuchteten Fenstern durch den finsteren Winterabend.

Die Borodin-Sinfonie in h-Moll, zum ersten Mal gehört unter Herbert Charlier mit der Rheinischen Philharmonie im Koblenzer Konzertsaal, so um 1961, als ich mit Lucie, der musischen Freundin, zum Konzert fuhr, aber vielleicht auch allein, um von Walchen zu begleiten, Sozius in einer Koblenzer Kanzlei, und der Dirigent, auch der zweite Mann, runder, energischer Hinterkopf, Haarkranz, Kapellmeister im Abonnementskonzert, man empfand den Unterschied zu Prof. Klaro Mizerit, dem schlanken Orchesterchef, mittelmäßiger Klangkörper, der einmal im Jahr auch in Ems gastierte, keine Chance gegenüber den Präzisionsmaschinen, die man im Rundfunk und auf der Platte hören konnte, Erbarmen also mit dem zweiten Mann, dem älteren Herrn, der nie Chef wurde, bei dem auch mancher Platz frei blieb, trotz des gefälligen Programms, aber die 2. Borodin war ja nicht häufig zu hören, auch die Erste Mahler damals unter ihm kennengelernt, noch vor Beginn der großen Mahler-Renaissance, am späten Abend mit der Bahn, Lumpensammler-Triebwagen, zurück nach Ems, der erwachsene Oberschüler mit Krawatte und geschliffenem Urteil. Ah, man gebe mir nur einen Bruchteil dieser Unerfahrenheit, dieser fröhlichen Altklugheit zurück! Aber sie setzt sich doch immer noch fort, diese Naivität auf jeweils höherer Stufe – während man sein Gedächtnis an die Tränke der Unschuld führt. Denn was gewesen ist, hat immer einen Unschuldigen zum Subjekt.

Ah, wie sie mich riefen unten von der Straße, meinen Namen zum Fenster hoch, die Freunde, wenn sie mich abholten zur Schule oder zum Abendspaziergang, wir flanierten, die Jungens in die eine Richtung, die Mädchen in die entgegengesetzte, die Römerstraße auf und ab, bis zu den Emser Lichtspielen und zurück bis zur Bahnhofsbrücke.
»Kommst du mit?«, lebensdurchdringender Ruf. Oh, ich könnte mich versinnen, bis ich wieder dort bin!
Die technische Umgebung, scheinbar lückenlose Umhüllung mit *diesem nagelneuen Krempel*, sie öffnet ja erst das Auge der Revue. Die digitalisierte Fläche selbst führt zur Räumlichkeit der sinnlichen Fluchten; sie ist es auch, paradoxerweise, die die Brunnen setzt, in denen sich das lichte Wasser der Frühe sammelt.

Ich sah die Braue von Lehrer Soyeaux, die rechte doch wohl, die sich hochzog, wenn er humorig wurde oder einen Schüler zu foppen begann. Und manchmal mit Polterstimme rief er »Holla!«, wenn's laut wurde in der Klasse. Respekt hatte man vor ihm, weil er streng und intelligent war, das kleine Schnauzbärtchen sich wischte, denn er schneuzte sich gern, wenn er aus dem geliebten Stifter vorlas, und strich dann mit dem großen Taschentuch die Barthaare, wohlgefällig wie ein schnurrender Kater. Morgens und mittags mit dem Fahrrad durchs Städtchen, im Sommer gern im kurzärmligen Hemd, genierte sich nicht, seinen zerschossenen steifen Arm zu zeigen, auch sonntags im Kurgarten an der Seite seiner schönen blauäugigen Frau, mit der er eng eingehakt im schnellen Schritt über die Kieswege ging. Er grüßte immer aufgeräumt, trotz seiner starken Migräneanfälle und ungeachtet, daß man in einer Kleinstadt eigentlich unentwegt grüßen muß. Seine Tochter, noch eine erste Liebe, wenn auch unerreicht, Ilka, Mädchen mit dickem Blondhaar, breiter Hüfte, schon früh in der Form gefährdet, nie verliebter als in diesen Klassenräumen, seit der Volksschule immer mit ihr, Tag für Tag, ohne die geringste Chance, sie einmal küssen zu dürfen, auch wenn sie eine Zeitlang sich von mir umwerben ließ und mich einmal einen hübschen Kerl nannte. Ilka ging eines Tages engumschlungen mit einem Musiker aus dem Kurorchester, dem Oboisten glaube ich, ja sie ging mit ihm, wie wir damals sagten für ein festes Verhältnis. Ich sah das nur noch mit gedämpfter Eifersucht, denn unterdessen ging ich selber schon mit Roswitha. Die immer wiederkehren in wechselnder Gestalt, unterscheiden sich, je älter man wird, deutlicher nach Umriß, Typus, Muster als nach Individualitäten. Man hat im wesentlichen nach Mustern gelebt und nach Mustern sich verbraucht. Auch die Liebe verfolgt nur, was in ihr Beuteschema paßt.

Dachte auch an die kleine Hand von Lehrer Brender, Latein. Er steckte in seine Jackentasche nur die glatte Handfläche, der Daumen sah heraus. Und die kleine Hand, wenn sie skandierte oder nach einer Erklärung ordnend, nachordnend über den Bund in der Mitte des Lehrbuchs strich. Diabetiker vermutlich, der in der Stunde seine Pillen nahm, in den gelben Mund warf, gerötete gütige Augen im kahlen Schädel. Und wenn es was zu lachen gab, was selten vorkam, oder nur ihn amüsierte etwas, so hielt er sich die kleine Hand verschämt vor den gelben Mund. Sehr vorsichtig beim Straßeüberqueren, er bewohnte ja in der Viktoriaallee eine kleine Gründerzeitvilla unmittelbar dem Gymnasium gegenüber. Grüßte sehr tief den Hut ziehend, wenn man ihm auf dem Abendspaziergang begegnete.

Ja, ich sah noch das Hutziehen, das Hutziehen der Lehrer in einer kleinen Stadt auf dem Abendgang oder an einem Sommersamstag während der großen Ruderregatta, wo sie auf Schritt und Tritt ihre Schüler trafen. Hatten ja alle noch ihre Art, ihr reputierliches Benehmen, keine Hand in der Hosentasche und selbstverständlich eine tiefere Verbeugung, wenn sie die Eltern grüßten und die Mutter mit gnädige Frau anredeten. All das waren Formen, wie mein Vater sagte, und er meinte damit nur Umgangsformen, sonst nichts. Für ihn bestand die halbe Welt aus Comment, auch die Ansichten waren nicht die Hauptsache, schon gar nicht die »Gefühle«. Es war vielleicht überhaupt eher ein artifizielles Verständigungsritual, diese letzte Bürgerlichkeit, als ein Programm sittlicher Werte.

Gibt es etwas Besseres, als dort zu bleiben, wo du geboren, aufgewachsen, zur Schule gegangen bist, dich zum ersten Mal verliebt hast? Wo deine Eltern und Großeltern gelebt haben? Weshalb seinen angestammten Platz verlassen? Und wenn es schon sein muß, weil man ja das ein oder andere draußen in der Fremde lernen und zuwege bringen sollte, warum anschließend nicht wieder heimkehren? Es wäre nur die Hälfte des Vergehens zu spüren, wenn man an seinem Ort bliebe. Wenn man gar nicht anders könnte, als immer an seinem Ort zu bleiben.

Wie die Toten, sie verlassen ihre Heimat nicht. Du begegnest ihnen auf den Waldwegen am Talrand, unten am Fluß, wo Vater und Mutter saßen, wenn sie Sorgen hatten, und auf der Wiese, die über den alten Sportplatz wuchs. Sicher, manches hat sich verändert. Die kleinen Läden, in denen wir einkauften, gibt es längst nicht mehr. Die alten Ärzte, die ins Haus kamen, sind nicht mehr auf den Emailleschildern zu finden. Da gibt es nun neue Messingplatten, auf denen Gemeinschaftspraxen angezeigt sind und eine Menge neuartiger Heilverfahren. Aber das ist nur die blanke Oberfläche, wie das neue Pflaster auf den Bürgersteigen. Man darf sich nicht von Nebenansichten blenden lassen, der Ort selber blieb doch unangetastet und unantastbar. Es genügt ein Blick auf den Fluß, der sich in einer weichen Biegung durch das Städtchen zieht. Früher fuhren Lastkähne darauf, mit Kohlebergen gefüllt. Heute verkehren nur noch Vergnügungsboote und Yachten. Aber der Fluß ist doch derselbe geblieben. Kaum anzunehmen, daß er sauberer war, als wir Kinder darin badeten. Er mag auf und ab transportieren, was immer man ihm auflädt. Er ist und bleibt deine Zeit, dein Zuhause, dein Ort, deine Grenze.

Ein Fluß fließt nicht weg. Nur das, was er trägt, kommt und geht.

Auch jener Nachmittag, an dem ich in die Stadtbibliothek ging und zehn Bände Kinderabenteuer aus dem Franz Schneider Verlag, glänzende Deckel, abwaschbar, nach Hause trug, dauert an und wird nicht früher zu Ende sein, als das Begehren währt, mit dem ein neues Buch zum ersten Mal aufgeschlagen wird.

Was kann also der abnehmende Mensch, der von einer Stunde zur nächsten immer aufs neue vor einem Rätsel steht? Immer nur dastehen und sich wundern? Das kann nicht alles sein. Man muß an seinem Vergehen mit Methode arbeiten, wie man ja auch beim Werden sich ins Zeug legen mußte.

Er betreibt zum Beispiel mit einigem Fleiß die Produktion einer künstlich synthetisierten Damals-Welt. Zur Herstellung von *wertvoller* Sentimentalität, die er als günstiges Rauschmittel schätzt, mischt er auch Stoffe bei aus dem Damals fremder Zeiten außerhalb der persönlichen Lebensgeschichte. Älterwerden in einer traditionsfeindlichen Welt gilt es im wesentlichen aus eigenen Kräften zu bestehen. Er wird sich daher von überall Stütze und Stoffe beschaffen, wird sich rückwärtig erweitern, und mit Hilfe von Literatur gerät auch fremder Stoff ins Blut und löst die feinen Damals-Ekstasen aus – eine Kontra-Aufwallung zu Begierde und Wollust, die nur die nackte Gegenwart, die unvergangene Stunde verehren.

Im Werdegang nicht wahrgenommen: täglich neben mir, drei Häuser weiter, die Geschwister Nurwege, Rita und Rena, die Zwillinge, Offizierskinder. Die eine, Rita, hatte ein blasses, glattes, beinah schönes Gesicht. Die andere etwas verkniffener, Klammer in den Zähnen, leicht gekrümmte Schultern. Oft gingen beide vor mir auf dem Schulweg mit dem Ranzen auf dem Rücken, schon zur Volksschule, Freiherr vom Stein, durch den Kurgarten. Beide machten in der Kaiser-Wilhelm-Kirche einmal den Versuch, mir das Orgelspiel beizubringen. Ich wollte aber nur von Rita Unterricht, doch sie waren immer zu zweit.

In Ems wohnten so viele Soldaten wie in einer Garnisonsstadt bei Tschechow. Es gab eine Ausbildungsstätte für Offiziere der Bundeswehr auf halber Höhe zum Klopp. Unverhältnismäßig hoch war daher der Anteil ihrer Kinder in meiner Klasse. Die hellsten waren sie, wenn auch nicht immer die sympathischsten.

Zwar habe ich die Zwillinge täglich gesehen, doch über das Schema der unverbrüchlichen Zwei hinaus an ihnen weiter nichts bemerkt.

Trotz der langen Jahre des gemeinsamen Schulgangs, trotz der engen Klassengemeinschaft gab es solche, denen man nie wirklich begegnete.

Auch in der kleinsten, beschränktesten Welt werden die anderen nach Nähe und Abstand unterschieden, und die Gemeinschaft aller spielt nur in Ausnahmefällen eine Rolle. Die uns gleichgültig waren, tauchen aber eines Tages rätselhaft aus dem Übersehenwerden herauf. Vielleicht weil die Gleichgültigkeit sie besser erhielt als der heiße, schnell verbrauchte Affekt der Zuneigung oder Ablehnung.

Neun Jahre in einem Raum, auf denselben Fluren, in derselben Turnhalle, auf demselben Heimweg – sie nie gefragt, doch ungefragt sie leiblich immer nahe gehabt. Es liegt vielleicht am eckigen oder eiernden Lauf mit einem Staffelholz, das eine schreckliche Rena bei Übergabe fallenließ, weshalb mir die beiden Mädchen auf einmal wiederkehren, eher an diesem Mißgeschick, das den einen vom anderen Zwilling unterschied, als an irgendeiner Unterhaltung, die ich mit ihnen führte.
Ach, die Nie-Befragten zeigen in meinen Nächten jetzt ein Siegeslächeln: So sind wir, die du früher unbeachtet ließest, heute dir ein Geheimnis, etwas, was dich nicht losläßt, am Gedächtnis-Firmament ein winziges helles Gestirn, das du so leicht nicht übersehen kannst.

Mit Dankbarkeit denke ich an einen Lehrer namens Telkrath, dessen ästhetische Erziehung ich genoß und der mich vom »Bravo«-Leser zum »Tristan«-Schwärmer veredelte. Man verband damals mit dem Wort *dekadent* immer noch ein wenig Fin-de-siècle-Zauber, und so waren es seine verwirrenden Einflüsterungen, die mir den Sinn für Manier und Überwurf weckten, für Oskar Werner und nie für realistisch Nüchternes. Ich war mit meinen Vorlieben etwas zurückgeblieben. Die Zimmerwände standen noch beklebt mit Schlagersängern, und so nahm ich alles süchtig von ihm an, gleich ob er Verlaine rezitierte oder sich für Tennessee Williams begeisterte. Seine außerlehrplanmäßigen Empfehlungen führten jedenfalls bei mir zu der dauerhaften Überzeugung, daß Begierden nur durch Theater und Theater nur durch Begierden gesteigerte Gestalt annähmen.
Mein Lehrer war nämlich auch im alten Sinne Eros-Erzie-

her und verliebt in mich. Ohne weiteres verkehrte er als gebildeter Mensch im Elternhaus und wurde als bedauernswerter Junggeselle von meiner Mutter gern bekocht. Die Erziehung fand natürlich außerhalb der Schule statt, ich saß auch nie in seinem Unterricht.

Ich wurde nun ein Geck und trug alberne Glencheckanzüge, sogar in der Schule. Ich höre noch mein Kichern im Stimmbruch. Krächzende Locklaute, die Telkrath galten, und schwülstige Nachahmung seiner nasalen Sprachmelodie. »Du sprichst wie Telkes«, sagte verächtlich die Schulfreundin, die Geliebte in Sartre, die mich mit ihm teilen mußte. Ja, ich ahmte ihn nach – wie konnte es zwischen Lehrer und Zögling anders sein? Und so blieb es dabei: vielmals sich häutende Unreife, Meister und Mimesis nie überwunden.

Du blickst in deine Frühe wie in die blaue Kugel des Magiers, betrachtest ein abgetrenntes, umschlossenes Weltlein. Es ist nicht alles organisch, nicht alles Folge und Auffächerung, Fortschritt und Wachstum, was sich Leben nennt. Es bilden sich auch Kristalle: die sammeln und bündeln Strahlen und sind beständiger als Zeitspuren.
Möchtest du wirklich in die Kugel hinein, möchtest du noch einmal im Einst-Weltlein leben?
Ja, würde ich rufen, sofort! Aber nur so, daß ich es nie wieder verlassen müßte und mir sämtliche erworbene Erfahrung und Entwicklung gelöscht würde. Also nur, wenn verstummte das Gurgeln des nachfragenden, des wiederkäuenden, des erinnernd eiternden Lebens – wo doch des Menschen ganze Natur danach strebt, *wie vordem* zu sein, also: frei von Erinnerung! Siehe Pavese, Gespräche mit Leuko: »Und die Sterblichen verlangen nur dieses eine: wie vordem.«

Aber nein. Würdest du tatsächlich in die komplette erinnerungslose Realität deiner Frühe versetzt, so ginge es dort gar nicht besonders lieblich zu. Nie warst du tiefer verzweifelt als in den Stunden *unschuldigster* Verzweiflung. Nie hast du Unglück so hart und pur empfunden wie in der Unruhe und Quere des Aufwachsens.

Schnee und Eis. Verschneite Büßerpfade vor der Kaiser-Wilhelm-Gedächtnis-Kirche. Die Sonne stand frostklar und breit zwischen den knöchernen Bäumen. Im See hinterm Schilf erschien ein kleiner Himmel, dunkel und privat. Ein einsames Bronzeblatt am Eichenzweig winkte hinunter. Schöne neue Winterwelt ... Rodeln auf den Wiesen am Concordiaturm. Jemand erzählte, daß Lucie, die große Liebe in Sartre, der ich den Schnee von den Lippen küßte, deren Atemnebel unverweht blieb, als meine Hände sie suchten unter ihrem dicken grünen Stoffmantel mit den bajazzohaft großen Perlmuttknöpfen ... daß auch sie inzwischen Aufenthalte in der Entziehungsklinik kennt. Wie viele Leben sah ich in der Kunst unter Stimulantien erlöschen! Wieviel kleine und mittlere Begabungen, denen der Exzeß nur dazu verhalf, sich über sich selbst zu täuschen, doch niemals über sich hinauszugelangen. Dabei müßte ein Leben in der Kunst sich in namenlose Neugier auflösen, bis man irgendwann mit großen Augen untergeht.

Während der Autofahrt zum Seniorenheim erzählt meine Mutter von den Läden meiner Kindheit, Kaisers Kaffeegeschäft, in dem ich mit einem Freund einmal des Diebstahls überführt wurde. Oder vom *Kolonialwarenladen* der Beckers unten neben unserem Haus in der Römerstraße. Ich faßte ihre Hände, als könnte ich sie halten, die Zeugin mir erhalten, die mit mir dort war und mich aus dem Fenster zum Essen rief, wenn ich mit Alex, dem Jüngsten der Beckers, auf der Straße spielte, der mit der kurzen speckigen Lederhose und dem harten Augsburger Dialekt, und seine rotwangige Schwester mit spitzem Busen und Knoblauchgeruch hinter dem Ladentisch.

Mir war, als spürte ich wieder die warme Luft im Schatten dieser Markise, die an Sommertagen vor Beckers Lebensmittelladen ausgespannt war. Dorthin wurde ich oft genug am Abend geschickt, um für die Eltern ein paar Flaschen Bier zu holen. Export, niemals Pils! rief der Vater. Hier im Schatten der Markise, vor meinem geliebten Kramladen, ganz meinem jetzt, weil er nur noch aus Damals besteht, das ist doch die heimliche Zone, in der wir uns wiedertreffen könnten ... »Der Vater lebt, ein Lebender, in mir/Solange ich atme, lebt auch sein Gedächtnis« (Grillparzer, Libussa).

Zum ersten Mal seit dreißig Jahren betrat ich die »Kursaallichtspiele« wieder. Ich saß in dem kleinen Offenbachtheater auf dem Balkon und dachte daran, daß ich hier meinen ersten und einzigen öffentlichen Auftritt absolvierte – die Abschlußrede bei der Abiturfeier. Auch dachte ich, es wäre der passende Ort, entlegen und behaglich, an dem meine *letzte Premiere* stattfinden sollte, auf dieser freundlichen kleinen Bühne mit ihren dreifachen Portalbögen, auf der ich als Junge »Zar und Zimmermann« und Camolettis »Boeing-Boeing« als Gastspiele gesehen hatte. Der rote Vorhang fiel zu (nach einem Film nun in der Nachmittagsvorstellung), genau wie damals nach den Bunten Abenden mit Vico Torriani und Bruce Low, die ich ebenfalls als Junge besuchte, wenn mich die Tochter des Kursaalverwalters nach Beginn der Vorstellung heimlich auf den Balkon ließ.

Die blauen Gardinen aus einem Duschvorhangstoff, Gummigeruch, zur Abdunkelung zugezogen für des Vaters Mittagsschlaf von eins bis drei, oder wenn am Sonntagnachmittag bei gleißendem Sommerlicht die Mutter das Reit- und Springturnier, Übertragung aus Aachen, im Fernsehen verfolgte. Ohne selbst je auf einem Sattel gesessen zu sein, liebte sie die schönen Dressuren. Bekam jeden Monat umsonst auch die »Reiterrevue«, die der Verlag herausbrachte, in dem mein liebenswürdiger und ehrgeizloser Onkel eine Anstellung gefunden hatte.

Wer seine Erinnerungen erzählt, befindet sich nicht im Zustand der Erinnerung.
Akute Erinnerung kennt kein »Weißt du noch?«, sondern nur Damals-Unmittelbarkeit, Damals-Überwältigung.
Wilhelm, der Onkel, war Hobby-Mathematiker, der allerdings nur eine Aufgabe in dieser Disziplin komplett erledigte: er war überzeugt, die Quadratur des Kreises gelöst zu haben, geometrisch exakt und unwiderlegbar, nur die algebraische Formel wollte nicht ganz aufgehen. Ein Weltproblem hatte er gelöst, als erster und einziger Kopf des ganzen Erdenrunds. Dies konnte ihm nur gelingen, weil er das Problem nicht richtig verstanden hatte. Eine leicht paranoide Ruhmgier trieb ihn wohl an, allerdings mußte er die Sensation geheimhalten. Nur mir vertraute er seinen Triumph an, weigerte sich aber, seine Arbeit einem Experten zur Prüfung vorzulegen, denn er fürchtete wie nichts auf der Welt den geistigen Diebstahl. Die Lösung war ja die denkbar einfachste. Kompliziert war hingegen die inwendige Konstruktion eines Selbstbetrugs, der auf Selbsterhöhung und Erwählung hinauslief, die er sich aber zu Lebzeiten versagen mußte. Er

begnügte sich daher mit heimlichem Frohlocken und der Schadenvorfreude, daß er postum so viele Menschen, die ihn immer nur für einen kleinen Druckereiarbeiter gehalten hatten, mit seinem Weltruhm beschämen würde, sobald eines Tages seine Entdeckung erst publiziert sei. Aber nach seinem Tod räumte seine Frau, meine Tante Cläre, die Schubladen auf und warf die abendländische Lösung in die Abfalltonne.

So hat es sie vielleicht einmal eine Zeitlang auf der Welt gegeben, aber nun war sie, gewiß für immer, wieder von ihr verschwunden.

Mich aber verfolgen seitdem die Worte seines ernsten Versprechens: Du wirst meinen Ruhm ja erleben, und du wirst mein Erbe sein.

Er war ein Mann von großer Güte und Schwäche, der selbst keine Kinder hatte, der es eigentlich überhaupt zu nichts Ordentlichem gebracht hatte nach dem Scheitern am zweiten juristischen Staatsexamen. Ein liebenswürdiger, humorvoller Nichtsnutz. Ein begeisterter Nazi, ein geduldiger Steineklopfer nach dem Fest. Im Westen, nach der Flucht aus Thüringen, versah er für den Rest des Arbeitslebens eine Anstellung als Korrektor bei der »Rheinischen Post«.

Es könnte mich in einem Fiebertraum noch plagen, aufschreien lassen, daß ich die Namen nicht mehr weiß von diesem oder jenem wunderbaren Schauspieler, der im »Deutschen Fernsehen« zwischen 1959 bis 1963 auftrat, als es nur ein Programm gab. Jene wackeren Idole, die mich über die Grenze führten der nüchternen Zeit und mir den Weg zum Theater wiesen. Schauspieler! Wer sonst. Wie hieß der schwarze Sänger, der »Kaiser Jones« O'Neills? Oft genug in

Ems beim »Bunten Abend« zu Gast. »Drei Münzen im Brunnen« als Zugabe. Schöner Schwarzer, Schlagersänger, gravitätische Erscheinung ... Kenneth –? Wer hilft mir? ... Ernst Fritz Fürbringer als Wallenstein. Regie: Kurt Wilhelm? Wer weiß. Elfriede Kuzmany, unzählige Male. Aber auch als »Die Irre von Chaillot«? Ungewiß. Oder war es Hermine Körner noch? Bestimmt sie als Hekuba in Matthias Brauns »Perser«-Bearbeitung. Anfang der Sechziger jeden Donnerstag Theater im Fernsehen. Keine Aufzeichnungen, sondern »fernsehgerecht« inszeniert die Stücke der Klassik und der Moderne. Unvergeßlich Hartmut Reck als »Raskolnikoff«. Ich vermute, die Bearbeitung von Leopold Ahlsen. Horst ... Nachname! ... der Blonde mit dem starken Grübchen im Kinn als Jimmy (?) in »Blick zurück im Zorn«. Horst F r a n k!!! ... Walter Richter in »Biedermann und die Brandstifter«. Benno Sterzenbach so gut wie immer dabei. Ernst Deutsch einmal in »Vor Sonnenuntergang«. Tourneetheateraufzeichnung. Kein Mal Minetti. Gehörte nicht zu den Größen. Wohl Quadflieg, Noeltes einzigartiger »Kammersänger«. Aber auch kein Fernsehstar. Stattdessen eine ganze Riege anderer Gründgens-Schauspieler, der mit der ständig schweißigen Oberlippe und mit immer belegter, etwas butteriger Stimme ... Max ... hmhmhm. »Egmont« zum Beispiel. Ganzer Name weg. E c k h a r d ! Spielte im damaligen TV-Theater fast alles Klassische. Etwas linkisch. In Gründgens' »Faust« Gretchens Bruder ... Gründgens selber nie. Schomberg nicht. Man versuchte den fernsehgeeigneten Mann aus der zweiten Reihe aufzubauen. Julius Hay »Das Pferd«, Originalübertragung von den Salzburger Festspielen 196-? Aber mit wem? Heinz Reincke in »The Moon for the Misbegotten«, herrlicher Titel, sprach ihn wochenlang vor mich hin. Karl

Wittlinger natürlich, »Kennen Sie die Milchstraße?«. Martin Walser »Eiche und Angora« mit Horst Bollmann. Niemals Tschechow gesehen, war nicht Tschechows Zeit, wurde erst Mitte der Sechziger wiederentdeckt, an Horváth im Spielplan war noch nicht zu denken. Aber Brechts »Galilei« mit Ernst Schröder. »Besuch der alten Dame« mit der Flickenschildt und Hans Mahnke. »Der Richter und sein Henker« (Favorit meines Vaters!) auch mit Hans Mahnke ... oder irre ich? Tankred Dorst »Die Kurve«, vergessen mit wem. Angeblich Kinski. Black-out. Später Hannsgeorg Laubenthal in »Helm« von Hans Günter Michelsen. Schrieb säuberlich Bericht über alles, was ich sah. »He Joe« von Beckett gründlich analysiert ... Ha! Großartig und über allen: Karl Paryla, »Der Mann mit der Blume im Mund«, Pirandello-Einakter, Lieblingsstück meines Vaters. Das Epitheliom (Tumor) als Name für die schönste Blume amüsierte ihn. Paryla auch in diesen leichten italienischen Komödien, die Ettore Cella inszenierte ... oder auch geschrieben hatte? Oder von einem gewissen Enzio Soundso ... jedenfalls eine gute Prise de Filippo war dabei. Hannes Messemer in »...«, ach, unzählige Male. Ernst Stankovski, als man Schnitzler wiederentdeckte, oder Karl Schönböck, Komtesse Mizzi. Liebesgeschichte hieß für mich: irgendetwas zwischen Christoph Bantzer und Margot Trooger. Vielleicht »O Wildnis«, wiederum O'Neill, wie überhaupt das Gesamtwerk des Meisters gezeigt zu haben ein unschätzbares Verdienst der Dramaturgen des »Deutschen Fernsehens« war.

Das Kind, das zu Fräulein Wurzler lief, seine Comics der Woche zu kaufen, wurde der Stutzer im blauen Popelinemantel mit Achselschlaufen, der sonntags in die Kursaallichtspiele ging, wo die Schlager-, Heimat- und Problemfilme liefen, während er in den Jahren zuvor die Flohkiste in der Lahnstraße bevorzugte, um dort den neuesten Western zu sehen.

Spitze Halbschuhe vorn mit krummen Eisenplättchen beschlagen: die gleiche Straße immer hinunter, vom Kind zum Jüngling, vom heißen Hüpfen zum kühlen, blasierten Schlendern. Die spitzen Schuhe, um auf dem Pflaster zu klappern, wie ein Stepper, was für ein Balzlaut damals, sich mit den Schritten Gehör zu verschaffen bei Petticoatmädchen, oder Ton in Ton der Füße, wenn Stoßplättchen und Pfennigabsatz gemeinsam ins Kino gingen. Geräuschlos geht man, wenn man heute jung ist, man schest in Sneakern. Der westliche Mensch verlor zuerst seine Kopfbedekkung, dann sein Schuhwerk. Die letzte durchgreifende Revolution der Mode war ihre Vernachlässigung sowie deren Pflege mit Stilgefühl. Danach scheint auf den breiten Geschmack nicht wirklich etwas Neues durchzugreifen.

Ich bin Deutscher: aufgewachsen mit Grimms Märchen und Elvis Presley, Karl May und General Eisenhower, Wagner und James Dean. Woher soll ich meinen Realismus nehmen?

Ich erinnere mich schlecht. Ich habe aber die Nibelungen in mir, auch den Cherubinischen Wandersmann. Neben Zorros schwarzer Peitsche liegt die Kritik der Urteilskraft. Nichts aus einem Guß dort, woher ich komme. Die Möbel, das Interieur etwas stickig und arm an Geschmack, Louis-Quinze-Imitationen, Borten an den Sessellehnen, Brokatbesatz auf blauen schweren Tischdecken. Doch die Kleidung immer ausgesucht und sorgfältig aufeinander abgestimmt,

Anzüge vom Schneider. Häufig wechselnd. Die Moral keusch und preußisch, der Humor rheinländisch. Mein Vertrauen galt *einem* Auge. Nach dem Kopfschuß von 1916 hatte der Vater ein Odin-Gesicht. Und das eine Auge mußte wohl ein voraussehendes sein. Sein Gemüt war darum doppelt rückgewandt. Wir besaßen kein Auto, aber auf mein Betreiben als eine der ersten Familien im Städtchen einen Fernsehapparat.

Wann war's? 1956, 57? Ems zur Weihnacht, das langersehnte Geschenk: Zehnplattenwechsler, leider nicht Dual, sondern Perpetuum Ebner, und gleich ein paar Platten dazu, Elvis, Johnny Ray, Harry Belafonte, kleine mit 45er-Umdrehung, außerdem das Adagio aus Bruchs Violinkonzert, Lieblingsstück meines Vaters, mit seinem sehr, sehr süßen Strich im zweiten Satz, mir fortan unverbrüchlich mit dem Weihnachtssegen des Plattenspielers verbunden, und dazu diese besondere Freude am nächsten Morgen, dem ersten Weihnachtstag, das neue Teil zu begrüßen als mir zugehörig, es war kein Traum, es hatte die erste Nacht bei uns hinter sich, es war jetzt für immer da.

Ein dichtverzweigter, buschiger Baum ist neben der Villa San Remo so hoch gewachsen, daß ich vom Schreibtisch meines Vaters die Kirchturmuhr nicht mehr sehen kann. Gegenwärtig wird beinahe jede der herrschaftlichen Sommervillen auf der anderen Seite der Lahn frisch verputzt und restauriert. Sie sehen bei weitem gepflegter aus als in meinen Kindertagen.
In Ems hört man auch mehr Russisch als Deutsch abends auf der Straße, fast wie zu den Glanzzeiten des Bads, leider

weniger vornehme Gäste, die auch mehr nehmen, als sie einbringen.
Mein geliebtes Kursaaltheater stammt übrigens keineswegs aus dem Biedermeier, sondern wurde um 1913/14 im neobarocken Stil mit Rokokoelementen gebaut.

Ich sah das rote Dreieck der Dugena-Uhr, auf das ich aus meinem Kinderzimmer in Richtung Kursaal hinunterblickte, so daß ich noch heute im Traum ans Fenster renne, um auf *meine* Uhr zu sehen, die über dem Juweliergeschäft von der Wand abstand. Unter der Uhr ging der kleine, plattfüßige Dr. Ulmer, der untreue Notar, Geliebter der Inhaberin des Schuhladens. Er blickte von der Straße hinauf zur Uhr, und beinahe hätten wir, Träumender und Traumfigur, einander erblickt, über die Jahrzehnte und sogar über seinen Tod hinweg, wäre nicht mein Blick von oben und seiner von unten getrennt worden von ebendiesem elektrischen Zeitmesser-Dreieck, darin das Zifferblatt mit dem rundlaufenden Zeiger.
Die Zeit unseres Erlebens läuft nicht in eine Richtung ab wie die Lebenszeit. Sie springt vor und zurück; innerhalb des unvermeidbaren Fort-Schritts gibt es Frei- und Stauräume, in denen zeitliche Unordnung herrscht, Gegenwart und Vergangenheit ihre Richtungspfeile verlieren, und das, was längst zum Bestandenen gehört, taucht noch einmal unbestanden auf.

Nun sammle ich die Uhren von Verstorbenen, von Vater und Mutter, nach denen sie lebten, wartend oder in Eile, bis ein einziger ferner Glockschlag sie der Abhängigkeit vom gleichmäßigen Rundlauf entriß. Man streifte ihnen die Uhr vom mageren Handgelenk, legte sie zu den persönlichen Dingen, und alles wurde zu Kram. Doch nach dem zierlichen Sekundenzeiger, der noch immer von Punkt zu Punkt rückt, maßen sie einander und ihrem Kind den Puls bei Fieber und anderen Schwächen.

Schwarze Löcher im Gedächtnis sind in Wahrheit nicht seine Lücken, sondern Bereiche seiner höchsten Masseverdichtung. Alle äußerliche Materie stürzt ins Innere, stürzt aus der nüchternen Zeit.
Drei Männer kommen und lösen meine Kinderwohnung auf und auch die Mädchenkammer unterm Dach, wo Dora wohnte, Haushaltshilfe, rot und dürr, die es dort in ihrer Mittagspause mit dem Postbeamten trieb, und ich später mit – Wir wurden alle erwischt dabei. Jedes Paar wurde dort oben gestört. Vierzig Jahre umstanden das Bett die wurmstichigen Schränke, gefüllt mit meiner Mutter niemals aussortierter Sommerseide, die ungelüftet noch den Dunst erschreckter Paare hielt.

Nachts noch einmal in die Küche, um die *Magd* zu küssen, die unumkleidbar ist, auch wenn sie unterdessen Beate heißt. Ich sitz an rundem Resopal. Verschieb die kleine Vase mit den schütteren Veilchen. Als stünde sie dem Blick auf meine Magd im Weg. Schieb sie im Zuge der Erwägung zurück in mein Gesichtsfeld. Hol aus der Jackentasche eine Röhre, Zigarrenhülle meines Vaters noch aus Plexiglas. Lös den Pfropfen, riech am lecithinbefleckten Tuch, das faltig eingerollt in dieser Röhre überlebt. Wer weiß schon, wann er bereits in seinem letzten Zimmer sitzt und atmet seine Sterbeluft?

Manchmal seh ich mich gesehen. Hör mich gerufen ... aber von einer Kinderstimme, einem Schneefreund, zuhaus auf dem Eis, oder aus dem Baumhaus am Hang ruft der, der ich war, den, der dahingeht.

Musik, von irgendwo aus einem leisen Radio herangeweht, Nachtkonzert, Capriccio italien, und unversehens steh ich im Emser Zimmer, den Taktschlag übend, Partituren lesend, nicht nur so tun als ob, nicht bloß sich warmstrampeln oder tanzen vor eingebildetem Orchester, dessen Instrumentenanordnung man schließlich genau überblickt, den Bässen Einsatz gebend, der Hörner Crescendo fordernd, dabei waren die Wände noch mit Star-Fotos beklebt, Übergangszeit von Rudolf Prack zu Arturo Toscanini, »Star-Revue«, »Film-Revue« hießen die Magazine, neben Winnie Markus Bruno Walter. Später folgte »Das Schönste«, eine europäische Kulturzeitschrift, ganzseitige Bilder von Caravaggio, Feininger, Klee. Zur Zeit der ersten Lieben war das, denn sie hoben den Geschmack ...

Dennoch: Capriccio italien, das Triviale leitet wie nichts anderes widerstandslos den Strom der Erinnerung. Musik überhaupt ruft ohne jedes Gedenken ein Damals in Echtzeit herauf. Das Hier und Heute wird attackiert vom *chronovoren* Einst, gefräßig wie Kronos/Saturn, der »krummgesinnte« Titan, der seinen kleinen Sohn auf Goyas furchterregendem Gemälde verschlingt. Denn wir sind, wie wir da sind, von gestern her, heißt es im Buch Hiob, und unsere Erinnerung ist lediglich ein Ausscheidungsprodukt des alle Gegenwart vertilgenden Einst.

Man blickt selten auf einen Bedürftigen herab, wenn man sich in seiner eigenen Vergangenheit aufsucht, etwa weil man inzwischen um so vieles klüger geworden wäre. Das bißchen Besserwissen wiegt die Grazie, es nicht zu besitzen, kaum auf. Anders die Historiker. Sie sehen mit ihren jeweils aktuellen methodischen Klugheiten, ihrem habituellen Besserwissen unvermeidlich herab auf die frühere Epoche, die sie untersuchen. Anachronistisches Wissen ist der Fluch ihrer Profession. Der Lebende hingegen wird von Gelebtem katechisiert. Er steht klein und verlegen vor ihm. Das warst du! Ein Herr der Möglichkeiten, ein Dunkelprinz. Und heute ein kleiner Schaufelsklave in den Gedächtnishalden.

»Besiegt sein ist mein Erbteil.« Emily Dickinson.
Die Kurve meines Vaters: einmal kurz nach der Geburt des Sohns ein Buch geschrieben, eine Fabrik zur Hälfte besessen, ein Aufglühen des reifen Manns unmittelbar nach dem Zweiten Krieg – und dann für immer den Erfolg entbehren. Sich mühen und strecken im Unterhalt der Familie. Alle Versuche, wieder anzuknüpfen an die Erfolgszeit, vergeblich. Der lange stolze Gang der Verbitterung.
Nach seinem Tod erhielt ich gegen die Wünsche der Mutter sein Zimmer so, wie er es in den sechzehn Jahren in Bad Ems täglich betrat. Es blieb also von jeder anderen Nutzung verschont.
Nun soll die Bücherwand gefleddert und verhökert werden. All die veralteten pharmakologischen Standardwerke, sein Handwerkszeug, holt sich ein Sammler ab. Nur ein recht niedriges Regal haben sie gefüllt in seinem Rücken neben dem Fenster zur Lahn.

Die Auflösung der Wohnung zieht aus jedem Winkel, jedem Gegenstand Herkunft hervor.

Hier gibt's noch den munteren Jungen, der alle Stunde den Vater bei der Arbeit stört mit Quengeln und Betteln. Und wenig später den Halbwüchsigen, der ihn mißbilligt und mit Eifer seine Ansichten bekämpft. Immer in dieser selben Wohnung der Warmherzigkeit und der Züchtigung, Ausgangspunkt der frohen und der düsteren Gänge. So wenn der Vater nach einem Streit sich den Anschein gab, nicht wiederzukehren vom nächtlichen Ausgang, auszugehen für immer in die Nähe der Eisenbahnschienen. Die schroffe Einsamkeit des glücklosen herrischen Manns, des streitbaren Feinds der Menge, die ihm um so verleideter war, je weniger er selbst zu abgesonderter Größe gelangte, und oft der verletzende Groll gegen die Einfalt der Mutter.

Drei Teile aus Kristall von Jugend auf ... die geschlossene Schale für Gebäck oder Süßigkeit, länglich mit acht stumpfen Ecken. Darin lagen die selbstgebackenen Kümmelstangen aus Blätterteig, oft ein wenig ranzig schon. Die schwere Karaffe für den Portwein und der kleine Serviettenständer. Drei Teile aus Kristall, aus der Emser Wohnung fortgetragen auf den weit entfernten ostelbischen Hügel. In einem neugebauten Haus und auf dem modernen Tisch stehen nun die altvertrauten, schmuckvollen Glasteile. Hier glitzern sie in kälterem Licht, doch mir erscheinen in ihren Prismen die Winkel des alten Hotels, in dem ich aufwuchs. Es hieß »Hotel Stadt Wiesbaden«, und Jacques Offenbach logierte dort während seiner Emser Kapellmeisterzeit. Nun strahlt das Kristall in einem Haus, das keine weiblichen Höhlungen besitzt, keinen dunklen Flur mit sieben kleinen Zimmern, sondern das beinahe durchsichtig ist, durchlässig für die Stille des Winters, und freie Aussicht gewährt, immerhin so unbeschränkt, daß es auch den Rückblick nicht hindert, der sich zu den steinigen Hängen der Lahn verliert.

Zurück in die Startlöcher. Anläufe zum Theater. Der Ort, wo zuerst der Atem stockte. Ausflug des sechs- oder siebenjährigen Knaben von Remscheid (unserer ersten Bleibe im Westen) nach Düsseldorf, um »Coppélia«, das Ballett von Léo Délibes, zu sehen, »La Fille aux yeux d'émail«. Unauslöschlich, unzerbrechlich blieb die Puppe. Viele Varianten der Olimpia. 1962, Häuser Flöck in der Emser Altstadt, wo wir Kinder Jahre zuvor im Tanzsaal maskiert zum Faschingsball aufmarschierten, dort stehe ich nun auf der Bühne als Hauptmann von Köpenick, der Primaner in der Titelrolle. Vier Jahre später, 1966, am Abend des 22. Geburtstags, allein in der Proszeniumsloge der Münchner Kammerspiele, Albee »Ballade vom traurigen Café« nach Carson McCullers mit Maria Wimmer, Rolf Boysen, Heinz Schubert, Premiere, Erich Kästner und Ludwig Marcuse im vorderen Parkett. Schließlich April 1971, als der Ems-Vergessene mit sämtlichen Schauspielern und Bühnenhandwerkern die Szenenlandschaft von »Peer Gynt« mit Besen und Staubsaugern reinigte, Subbotnik kurz vor dem Einlaß des Premierenpublikums. Das sind die Stichdaten – Stiche des Beginnens, die nun weh tun.

Die erste Stunde verschlafen! Nicht mehr Zeit genug, um pünktlich in die Klasse zu kommen, sehr peinlich, wenn zehn Minuten verspätet, also lieber die erste Stunde ganz ausfallen lassen und pünktlich zur zweiten erscheinen, dann aber noch Turnschuh und Mantel holen, liegengelassen im Park, auf der Bank, die Turnschuh mitten auf dem Weg ...

Der Herbst, in dem die Italiener Abschied nahmen von unserem Städtchen und von dem Ort, an dem jetzt Nacht für Nacht so viel Kommen und Gehen herrscht, es ist immer der gleiche, nämlich das Hotel-Haus, Römerstraße 18. Die Italiener sind die Familie Bernardi aus den Dolomiten, die den Eissalon im Erdgeschoß betrieb. Doch die Miete war für die Familie und ihr Geschäft nicht mehr günstig, sie zogen ab, nach mehr als vierzig Jahren. Ich winkte ihnen nach, vom Fenster meines Kinderzimmers. Auch ich hatte meine Sachen geräumt, die Koffer alle gepackt, Vorbeisein erduldend. Auf und davon werde ich müssen, ohne mich rühren zu können. Alle Türen hinter mir schließen und doch für den Rest meiner Jahre am Fenster der Kinderwohnung stehenbleiben und zuschauen, wenn unten in der Straße der Blumencorso vorbeizieht im August, das Fest auf Blütenrädern, und drüben – drüben, das ist immer das andere Ufer! – in der Wilhelmsallee der Laternenumzug am St. Martinstag. Nicht zu vergessen die kaiserliche Ruderregatta, ebenfalls im August. Wie doch das Zerstreute der Erinnerung auf einmal sich sammelt zu geschlossenen Paraden, Festmärschen, Wettläufen und Prozessionen!

So vieles noch nicht … zusammengelegt wie frische Laken … gefaltet, um sie einzuräumen … und viele Tücher noch, so groß, so kraus, daß niemand sie auf Kante falten kann und einstapeln in den knarrenden Eichenschrank der Großmutter, der mein Gedächtnis ist und sagt: »Ich bin die Dauer des Vorbeis« (Wilhelm Lehmann).

Nach bestandener Aufnahmeprüfung in die Sexta ging mein Vater mit mir ins einzige Fahrradgeschäft des Städtchens. Wir kauften nicht Miele, sondern »Rixe«, so hieß die Firma, und es war nicht die führende. Aber es war ein sehr schönes, halbhohes Rad, metallicgrün, und meine erste Radtour begann. Es war eine laue Luft, frühe Wärme im Mai, und wenn dir an einem solchen Tag der sehnlichste Wunsch erfüllt wird, ein eigenes Fahrrad, dann bleibt etwas von seinem Duft, seiner Wärme bei dir hängen. Dazu das Geleit, die stützende Hand des Vaters, denn er führte den unsicher kurvenden Radler auf der Taunus- Lahnseite flußab über die schlaglochreiche Straße von Ems-West nach Nievern. Ich muß hellauf glücklich gewesen sein. Doch was rührt tiefer: das helle Glück der ersten Fahrradtour, endlich ein Fahrradbesitzer zu sein, oder das Glück, es noch einmal zu spüren?

Der Saal … der schöne Marmorsaal im Kurhaus zu Bad Ems … mal Vortragssaal, mal Konzertraum. Versammlungshalle, Ratssaal, Kammer mit stehenden Abgeordneten, Vortragende Räte. Sommerfrischler wie Wagner, Chopin und Dostojewski. Mein Saal … ah, hier habe ich zum ersten Mal gehört … von Nehru und Nasser, von Rocky Mountains und Nanga Parbat … Lenin-grad … mein Saal, meine

Welt … Vorträge, Gesang, Zauberkünstler, Ludwig Hölscher. Die Welt … das Wissen, das unendlich groß ist… viel, viel größer als die Welt … Und jetzt zu hören in diesem selben Saal: Sankt Peters-burg! … so daß die halbe Welt, in der ich aufwuchs, mit einem Mal passé ist, versunken und zerfallen … Sankt Petersburg! … Die Stühle alle herausgerissen, die alte Bestuhlung, gute Zeiten für die jungen Elektriker vor Ort, sie ziehen die brüchigen Kabel aus den Wänden. Der Fußboden aufgerissen … war noch mit Zeitungen isoliert aus der Kaiserzeit …

Er ging ungebeugt jeden Morgen, schritt fest und gerade durch den Kurpark. Schöpfte frische Luft, bevor er sich an den Schreibtisch setzte und an seine verdammt schlecht bezahlte Arbeit machte. Es war ihm eine Menge schiefgegangen. Aber das brachte seine Figur nicht durcheinander. Er hätte auch aufgeben können, saufen, seine Familie zerstören. Wie nebenan der entlassene Major, den man zweimal die Woche aus der Gosse nach Hause trug.

In eine gesellschaftlich höhere Sphäre aufzusteigen war nicht sein Ehrgeiz. So wenig, wie es ihn verlangte, in der Epoche der Emporkömmlinge den Schiebern und Koofmichs, wie er sie nannte, zu nahe zu kommen. Er besaß wenig Neigung, aus der Enge hervorzutreten, weil er sie gar nicht als eng empfand, sondern sich zugehörig zu einer gefestigten Schicht mittleren Bürgertums, das ebenso wenige Aufstiegs- wie Abstiegsluken freigab. Heute bildet sich jeder ein, über dem Milieu zu schweben, dem er entstammt. Er sieht überhaupt kein Milieu, gar keine Stufen und Schranken mehr, sondern nur eine Fülle von Jobs und Lernprogrammen. Man muß sich rückblickend erst wieder sensibel machen für Klassen- und Rangunterschiede. Dabei stößt man allerdings auch auf die Nachteile bürgerlicher Bescheidung, etwa den Mangel an Ungezwungenheit, an Risikofreude sowie die angeborene Unfähigkeit, vollständig zu fallieren, weil diese Schicht im Gegensatz zum unternehmerischen Großbürgertum die Vorsichtsmaßnahme allem Elan voranstellt.

In der Frühe träumte ich von der Großmutter im Zimmer nebenan. Dies Nebenan – nur kurz hinüber, um sie zu liebkosen, die beste Gespielin meiner Kindertage. Die Gütige, die Unbewegliche. Wie in Trauer gemeißelt, so nah und dauernd empfand ich sie. Doch dann sprach sie ganz so, wie sie war, mit sanfter Stimme und mit schwerfälligen Bewegungen ihrer von Arthrose geschwollenen Glieder. Hand und Kopfstellung waren wie einst, fast so, als wollte sie sagen: Erkennst du mich? Ich ging zu ihr und sagte: »Was für eine schöne Frau du bist! Mein ganzes späteres Leben habe ich eine solche Frau nicht wieder gesehen.« (Was einmal im Traum ihm zu nahe kam, verliert sich im Wachen nicht und wird zu eines Menschen Lebenstraum.)

Welch eine Bestürzung! Welch ein Rätsel!
(Nur diese Ausrufe können Literatur rechtfertigen.)
Die Bestürzung in den Gedichten Celans und meine, als ich sie zum ersten Mal las. »Sprachgitter«, dahinter gefangen seither und nie wieder in Freiheit gelangt.
Geschenk der Großmutter zum siebzehnten Geburtstag. So steht es im schmalen hohen Buch. In die Zelle geführt, verurteilt, die Welt von nun an durch dies Gitter zu sehen.

Ein Junge ging den Büchern nach … den Pfeilen, Weisern, Flüsterworten. Entlang der Kette der Grüßenden, und alle kannten sich ja untereinander, die Bücher, und es war nicht leicht für den Neuhinzutretenden, sich in dieser gutverständigten Gesellschaft zurechtzufinden.

Und welche Bestürzung nun des Alten vor dem herausgerissenen Gitter der Sprache! Der Freiheit zum Billigen hin – der *Kommunikation*, der Entlassung der Sprache zum Nichtssagenden.

Wieder in der Wohnung allein mit der uralten Mutter, die kaum noch versteht. Den Kopf seitlich ein wenig hebt, die Lider erschlaffen, und lieb lächelt sie wie zu allen Zeiten. Wenn sie ihre kleinen (für sie erheblichen) Anstrengungen macht, den Haushalt zu besorgen, den Tisch, an dem ich Wein trank, von Rändern zu säubern, den Morgenkaffee mit der Maschine zu bereiten, die Suppe zu rühren, wenn Besuch kommt, so geschieht das immer klaglos und ohne Murren … Vor fünfzig Jahren hat sie mir mit gleicher Umsicht für den Ausflug zum Fluß die Badesachen gepackt, Äpfel, Kekse, Handtuch, Seltersflasche in eine der großen Satteltaschen am Fahrrad sortiert. Dann gab sie mir Weisung, was ich zu tun und zu lassen hätte bei der Fahrt über die Landstraße, wann wiederzukehren, wem aus dem Weg zu gehen.
Jetzt spricht sie das, was nicht mehr wirkt. Worte, die keiner aufnimmt, die Alte am Tisch mit den Gästen. Was sie sagt, nach langer Überlegung leise herausbringt, wird von niemandem beachtet.
Die dünne, dünne Mutter – so schmächtig, so fleischlos …

Immer durchscheinender die Schläfenhaut, und die blaue Ader tritt wurzlig hervor. Seit 1910 tippelt sie mit diesen kleinen Schritten durch das Jahrhundert. Und hat die Welt für sich aufs schmalste eingeschränkt, damit genau die Passung stimmt zwischen ihrem unbeschwerten Verstehen und einem unbeschwerten Leben, das nie zuviel an Sorge, Bitternis und Mißmut zuließ und sich deshalb nicht frühzeitig abnutzte, sondern, immer freundlich-arglos bejaht, lange hinstreckte.
Verstehensmüde nun, reagiert sie auf Berichtetes nur noch mit ein paar Affektfloskeln: *Achgottachgott. Das könnte hinkommen. Auch das noch.* Oder sie sagt unvermittelt: »Ich bin so glücklich.« Aber auch dieser Ausspruch erhebt sich nicht über den Grundpegel ihres gewöhnlichen Wohlbefindens.
Sie duzt sich in ihrem hohen Alter mit irgendwelchen Menschen, die ihr mehr als zweimal begegneten, wohl nur aus Gründen der grammatikalischen Vereinfachung. Damit sie Pronomen und Beugung bei der Anrede nicht so häufig wechseln muß, ist sie nur noch von Duz-Freunden umgeben.
Eine Greisin, nicht etwa kregel wie so manche Seniorin, die mit penetranter Munterkeit über ihr Alter regiert, jedoch mit einem immer blühenden Herzen, und je weniger sie versteht, akustisch, kognitiv, um so liebenswürdiger ihr Lachen und ihre Zuwendung.

Nicht aus Vergeßlichkeit wiederholt sie die Sätze der Erinnerung, sondern weil es ihr wohltut, gleichsam aus ritornellen, musikalischen Gründen. Die kleinen Dinge, die einmal Eindruck machten, kehren wie Leitmotive wieder, mit denen das Leben seine bescheidene Coda komponiert. Die

Äußerungen, die sie noch von sich gibt, haben kein Ziel mehr, sie schwanken zwischen nah und fern wie ein Pendel, das nicht mehr schlägt in der Zeit. Oder sie sind wie letzte schwache Druckwellen eines Liebesworts, das vor Zeiten in ihrem Herzen zersprang.
Zu dürr, zu ratlos das Gesicht der Greisin, um noch zu weinen. Zu trocken die Lider, nur noch wenig Gedächtnis, nicht genug, um zu weinen.
Das Sinnen, noch Sinnen … langsam sinkt es. Sinkt in die Augen, die allen Schmerz verbrennen, wird Augenschein, vergeht.

Wann hat sie den Haarknoten gelöst, der ihr immer so schwer im Nacken lag? Sah ich sie als Kind je mit gelöstem Haar zu Bett gehen? Eigentlich kenne ich die Mutter nur mit einer strengen Frisur, mit glattem gescheitelten schwarzen Haar ohne Locke, im Genick zu einem festen Knoten gebunden. Schon als junges Mädchen trug sie ihn. Sie sah nicht anders aus, als sich der Vater in sie verliebte, wie es die Fotos zeigen. Bis sich eines Tages und dauerhaft ein starker Kopfschmerz einstellte, und das lange Haar, das ich nie offen sah, wurde abgeschnitten. Locken wurden gelegt und nackenfrei war die neue Frisur. Wann geschah der Wechsel? Wann sah ich zum ersten Mal die befremdlich veränderte Mutter? Jedenfalls war ihr Haar schon graumeliert. Und das Geheimnis des dunklen, ewig ungelösten Knotens war für immer von ihr genommen.

Römerstraße achtzehn, dritter Stock. In helles Mittagslicht getaucht noch einmal die flußseitigen Zimmer der Wohnung, bevor ich sie für immer verlassen werde, hell wie an den Tagen der beginnenden Unruhe, da ich hastig durchs Treppenhaus lief, von der Straße hinauf ins Zimmer, die Murmeln oder die Rollschuhe holte und zum Ärger des Vaters immerzu die Türen schlug … Die Unruhe im Sonnenlicht, das Bäumchenwechsledich der Gelüste, wenn die ganze Korona nach der Schule auf dem Rad lahnaufwärts zog, um in Nassau im Freibad zu schwimmen, weil den Fluß zeitweilig gelbliche Schaumkronen bedeckten, aber vielleicht auch die Chance dort größer war, mit einem Mädchen zu raufen und ihr die Hand auf die nasse Brust zu legen.

Die letzte Nacht bricht an im Leben meines Vaters. Ich kehrte von einer Reise heim und sprach ihn nicht mehr. Es war mir schrecklich, ihn reglos zu sehen. Und daß man ihn im Hemd »abtransportierte«, den Mann, der jeden Tag gutgekleidet und aufrecht unsere Wohnung verließ. Nun wurde er in einer Hilflosigkeit, die nichts mehr mit ihm zu tun hatte, für immer hinausgetragen aus seinem Gehäuse, den sieben Zimmern am Baum des dunklen Flurs. Zimmer, die sein Humor und sein Grimm, seine überströmende Liebe und seine freimütige Misanthropie mir zeitlebens unverlaßbar machten. Und sein Tod gab fortan meinen Tagen dies schwache, beständige Damals-Leuchten.

Wir in der Wiesbach! Am Sportplatz an der Lahnbiegung Richtung Dausenau. Kinder im Wettlauf der Bundesjugendspiele! Kinder im leichten Lauf, von keiner Erinnerung gehemmt.

Ich hörte meine Mutter sagen, daß sie jeden Morgen, wenn sie das Staubtuch im Fenster ausschüttelte, den Vater drüben auf der anderen Seite des Flusses spazieren sah, auf seinem Gang vor dem Frühstück, und das Tuch ausschütteln und ihm zuwinken war eins. Ich ging zur selben Zeit aus dem Haus, lief am Kurpark entlang zur Schule, begann den Weg, der in den Rückweg meines Vaters mündete, wenn er mir entgegenkam, so herausfordernd aufrecht und unzeitgemäß, daß ich zuweilen nicht anders konnte, als ihm auszuweichen. Dafür kehrt er mir nun immer wieder. Doch unterscheidet sich der Ibsen-Mann in diesem Wandel von den zahlreichen Revenants, die unsere Medienwelt durchqueren und die allesamt nur hohler Ewigkeit Kind.

Ich schlug noch einmal die Kladde auf, in die ich mit vierzehn begann meinen ersten Roman zu kritzeln. Bin wieder da, Schweden, Sommer 1959, erster Auslandsaufenthalt fern von den Eltern, fern von Ems und nach der Lektüre von »Der alte Mann und das Meer«. Mein alter Mann war der Fährmann, der uns in einer magischen Fahrt über den stillen See an der Grenze Norwegens gebracht hatte. Oben in Lappland, wo uns der Vater meines Austauschschülers eine »Steinzeitsiedlung« zeigte, das Leben von Hüttenmenschen, die in igluartigen Behausungen angeblich eine frühgeschichtliche Existenz führten. Bis heute weiß ich nicht, ob das alles künstlich arrangiert war, für Touristen (die wenigen damals im hohen Norden?), oder ob wirklich eine zivilisatorische Rarität. Jedenfalls waren sie abgesondert von bequemen Verkehrswegen, und die Verbindung zur Außenwelt führte einzig über den dunklen stillen See und einen alten Fährmann, den Helden meines Romanfragments. Unerschöpfliches Thema, jedenfalls wenn man das mythische Image dieses Mannes einbezieht. Verständlich, daß er schließlich auf unzähligen Umwegen zum lebensbestimmenden Fergen aufstieg und seinen Fähr-Gast über Tausende von Seiten, diesen dunklen nordischen See einer unvollendbaren Schrift, übersetzt bis zum heutigen Tag. Der Ferge gewährte mir mit vierzehn den ersten Blick hinter die befahrbare Welt. Zurück blieb eine Kladde mit nebelhaftem Bericht über Weltflucht und Entlegenheit.

Da nun mein Vater nach langem postmortalen Aufenthalt zurückgekehrt war und wieder in seinem Arbeitszimmer stand, legte ich den Arm um seine Schulter und zeigte hinunter zur Lahn: »Weißt du noch, wie du mich im Winter 1955 über den zugefrorenen Fluß führtest und mich zur Schule, Freiherr-vom-Stein-Schule, begleitetest, wo ich als neuer Schüler, der Neue, mich vorstellen mußte beim Direktor? Wir beide überquerten das feste Eis und gingen lange stromauf bis zu den Ufer-Treppen an der Eisernen Brücke.«
Doch er konnte sich nicht erinnern. Es berührte mich selt-

sam, denn ich war fest davon überzeugt, daß einem Menschen bei Eintritt des Todes sich alle Lücken im Gedächtnis schlössen – ja, daß der Tod gar nichts anderes sein könne als der Aufstieg der vollendeten Erinnerung.

Dachte an das volle und stumpfe, ebenmäßig blasse Gesicht einer etwa fünfundvierzigjährigen Frau, Holländerin, langsam und gutartig, dachte an Triminje, so nannten die Eltern die Tabakwarenhändlerin, Nase wie mit dem Zigarrenabschneider gekerbt, ihr Laden in der Römerstraße, wo der Vater den Einkauf gern begleitete mit ein paar Charme-Floskeln aus dem Schatzkästlein des alten Poussierens … Stehendes goldenes Bild vom Sommerabend in der Römerstraße. Es lagen so viele Genüsse in der warmen Luft an einem solchen Abend, daß ich nie genug davon kriegen konnte. Und nach dem Abendbrot das Vergnügen auf der Straße: mit den anderen sein, nie gelüstiger die Gemeinschaft, als wenn ich am Abend mit den Mädchen noch ein paar Runden Klicker (Murmeln) spielte.
Und der Vater stand oben im Fenster seines Arbeitszimmers und sah mir zu, wenn ich neben dem unbewässerten Marmorbrunnen vor unserem Haus, der alten Pferdetränke, rollschuhlief, auf Stelzen ging, den Kreisel peitschte.

Im Traum wieder im Emser Hinterhof – wo jener Trakt abgerissen wurde, den Dr. Brieger später für den Ausbau seines Sanatoriums benutzte. Dort war es uns Kindern, zerstört, wie er war, verboten zu spielen. Herr Bernardi, der Eismacher, hat oft genug geschimpft, wenn ich mit Renzo, Valentina und Diana dort Versteck spielte oder Sequenzen mit Robert Taylor als Westernhelden nachstellte, unter be-

sonderer Berücksichtigung der Kußszenen. Dieser Trakt war wohl der ehemalige Ballsaal des spät erst zum Wohnhaus umgebauten Hotels, das im neunzehnten Jahrhundert Herrn Levi gehörte und vorzugsweise jüdische Gäste beherbergte. Frau Bossbach, die Hausbesitzerin zu unserer Zeit, ließ ihn verfallen. Er war baufällig und abgesperrt. Oft hat sie uns daraus verjagt, die rheinische Alte, die aus Köln zugezogen war, mit ihrem glatt und rund nach hinten gekämmten Haar, im Nacken wie von Mäusen abgefressen. Wir liefen davon, über den Hof, durch die glasgefüllte Schwingtür, die den Durchgang zum Vorderhaus freigab.
Von diesem dunklen Ort, von den aufgegebenen Ecken des Hauses, entstand das Bild vom Ruinen-Hotel, das mich zeitlebens verfolgt. Von den nachgeahmten Küssen führte eine direkte Spur zu den Schauspielern, die zu bedienen, zu fordern für den szenischen Autor später die größte Lust war.

O noch einmal durch diese Klapptür laufen und mit den italienischen Kindern spielen! Diana zum künstlerischen Küssen in den stillgelegten Aufzug locken! Aber wir durften nicht zu laut sein, sonst schimpfte meine Mutter aus dem Küchenfenster im dritten Stock in den Hof hinunter.
Im Winter war er öd und verwaist. Die Mülltonnen halb leer – ohne die großen Mengen Verpackungen und ohne die vielen Fruchtrückstände des Eissalons. Die Italiener waren im späten Oktober nach Hause gefahren in die Dolomiten, sie wohnten in der Nähe von Cortina. Erst im April kamen sie zurück – und dann der neue Sommer!

Nicht zuletzt des Staatsbads edle Brunnenhalle erhält mir die Zeit von Ems. Oft geh ich nächtlich darin auf und ab, kure, nehme hier und da einen Schluck vom Emser Kränchen, Heilwasser aus der sprudelnden Brunnenschale. Dann unterhalte ich mich mit den Kurgästen, das sind die lieben Unbekannten, Menschen, die ich im Verlauf des Lebens halb sah, halb war ... Wirkliche und erfundene, lebende und tote, berühmte und gewöhnliche. Sie streifen hier friedlich durcheinander, teilen sich den neusten Klatsch der Sommerfrische mit, die Kurgäste, die es in Ems nicht mehr gibt, die meisten stammen noch aus dem vorvorigen Jahrhundert, Liszt, Lassalle, Gogol, Jenny Lind und Alfred Krupp. Nie wieder wird es hier berühmte Kurgäste geben.

Andere lieben andere Orte. Das Jenseits stellt sich jeder anders vor. Für mich ist's ebendiese lange Brunnenhalle, ohne Anfang, ohne Ende, in der die stillen freundlichen Geschöpfe endlos kuren und nur von einem einzigen Heilwasser trinken.

Die Brunnenhalle wird ganz licht und transparent, aber erst wenn sie von gebändigten Menschen, wie es die Toten sind, bevölkert wird. Diese Leute, die nun wissen, daß die Interessen, die sie zu Lebzeiten verfolgten, nichts bedeutet haben, und deren Stirn jetzt überhaupt von höherer Bedeutungslosigkeit zufrieden glänzt.

Das Ideal, das letzte, scheint mir doch: Durchlässigkeit von Mensch und Wand und Welt. Brunnenhalle, Wandelhalle – und alles ist hier Übergang!

Auch dieser »der andere«, von dem die Philosophen eine hohe Meinung hatten, ist hier ein bloßes Durchgangswesen, durch das du ein und aus gehst.

Römerstraße achtzehn. Wieder einmal umgebaut! Brutal zerstört der Eingangsbereich, eine breite Ladenpassage jetzt. Das ganze Souterrain durchbrochen und verschandelt, um Platz zu schaffen für die Bodenstation einer Drahtseilbahn. Sie soll Kurgäste und Patienten vom Klopp, dem Krankenhausberg, zur Stadt befördern und wieder zurück. Wo waren Gebäudeschutz und Denkmalpflege im Jahre 1972? Wie kann man ein historisches Gemäuer so barbarisch zugrunde richten? Vom ersten Stock aufwärts ist das Treppenhaus leidlich noch erhalten. Ich zeigte meinem Freund die alten Stufen aus den Kindertagen und den abgewetzten, glänzenden Handlauf am Geländer – der wurde noch von mir, vom Herunterrutschen in kurzer Lederhose, so glänzend gewetzt!
Sollen die Staats-Vandalen nur zerstören und ruinieren! Mir genügt's, wenn nächtens das frühe Haus sein hohes hölzernes Tor von Zeit zu Zeit öffnet und mich einläßt. Eltern, Freundinnen, Italiener – sie blieben ja alle dort im Treppenhaus zurück, dort finde ich sie immer wieder.

Zähmung der Erinnerung, Dressur der Wehmut ist unvermeidlich, wenn man etwa einem jungen und unbekannten Menschen etwas von früher erzählen will. Eigentlich gelangt man ja nur nach Hause in verschwommenen, undisziplinierten Empfindungen. Fügt sich Erinnerung, so schwindet sie schon. Kontinuität der Darstellung, der Erzählung ist dem rohen, unberechenbaren Affekt, dem Anfall oder Ansprung von »verlorener Zeit«, etwas durchaus Unangemessenes. Daher wird immer der Roman am überzeugendsten das Gewesene, das eigentlich unfaßlich ist, gut fügen und kunstvoll ausbreiten. Aber nur das Gedicht kann der eruptive Akt der Erinnerung selber sein, der sich gedächtnis-erregend auf den Leser überträgt.

Also sprach ich wieder einmal zu einer Unverständigen. Verkäuferin in einem Berliner Sportgeschäft. Mit unbeherrschtem Einstweh erzählte ich von den Ruderregatten auf der Lahn, die ich von meinem Kinderzimmer verfolgen konnte. Ich stand vor der fremden Person unversehens in der Wärme eines festlichen Sonntags im August, inmitten der bunten Geschäftigkeit mit den vielen Besuchern aus ganz Deutschland, die in das enge Städtchen drängten, denn es waren ja die ehemals Kaiserlichen Ruderwettkämpfe, eine nur allmählich verblassende nationale Angelegenheit, Emser Ruderregatta. Aber so ist es im Alter mit den Erinnerungen – sie versetzen uns in einen geradezu erhitzten Zustand, es drängt uns, das Verlorene mit anderen zu teilen, ja wir drängen es sogar Wildfremden auf, doch niemand, niemand kann da mit hinein! Die Kugel mit dem Einst-Weltlein bleibt rundum dein und unzugänglich für jeden anderen.

Vielleicht weil ich nie ein fröhlicher Waisenknabe der Rebellion war, der den Vater los sein wollte und dem sein Lebtag der Wutschweiß ausbricht, wenn ihm Macht als Machtperson begegnet, neige ich zu der Ansicht, daß Macht vielen, die sie nicht besitzen, das Leben besser sichert als Macht, in die sich viele teilen. Aber das sagt jemand, dem Autorität immer nur genützt hat, dem in Erziehung und Beruf Vorbild, Meisterschaft und Anführung selbstverständlich waren und den sie immer nur gefördert und niemals unterdrückt haben.

Die Mutter erzählte der Freundin von mir und schilderte mich »… und wenn er auf dem Schulweg genug Zeit hatte, so wechselte er die Schichten …«
Die Schichten? Ja, das stimmt, ich ging zuerst mit Robert, dem Sohn des Druckers, und stieß dann vor zu Günther, dem Sohn des begüterten Handelsvertreters. Wechselte die Schichten, aber auch den Weg: mal durch den Kurpark an den »Vier Türmen« vorbei, dem Logierhaus des Zaren Alexander II., oder mal auf der Römerstraße, um durch das lang-

gestreckte Schaufenster des Café Maxeiner nach meiner Mutter zu sehen.
Am Tag, als sie erfuhr, daß ihre beste Freundin gestorben war, fand ich sie weinend zuhaus auf dem Sofa. Es waren die letzten Tränen, die ich bei ihr sah. Die Verstorbene war die treue Gefährtin über dreißig Jahre in der kleinen Stadt. Wöchentlich einmal trafen sie sich im Café Maxeiner. Was sie verband, waren die vielen gemeinsamen Reisen, Malta, Madeira, Hongkong, Jerusalem. Weil der Mann ihrer Freundin »so unbeweglich« war und mein Vater seit einigen Jahren tot, hatten die beiden alternden Frauen die halbe Welt bereist, die kleine, resolute Person und meine ihr ergebene, immer heitere Mutter. Dieser Abbruch von steten Wiederholungen … Tiefer verwundert mich nichts: daß meine schöne Mama vierzig Jahre die Emser Römerstraße auf und ab ging und darunter zu meinem alten Mütterchen wurde. Dieser Wandel verschluckt das meiste, was sonst noch *Zeit* bedeuten mag. Zuletzt saß sie, das adrette Spittelweib, neben den Schwestern, den Diakonissen, in der Morgenandacht.

Was mir seit jeher vorschwebte, schwebt auch heute noch: es sind die Prosascherben, die dem Flaschen-Bruch gleichen, den zerbrochenen Hälsen und Bäuchen auf dem Sims der Gefängnismauer in Naumburg, hinter der ich als Kind meinen Vater besuchte. Unter den Kommunisten der SBZ saß er dort in Untersuchungshaft. Als Mitinhaber einer pharmazeutischen Fabrik stand er unter dem Verdacht, an einem Zuckerschmuggel aus West-Berlin beteiligt gewesen zu sein. Es war dies nur der durchsichtige Vorwand, um die Fabrik zu enteignen und ins Volkseigentum zu überführen.

Mit den Jahren legte ich unzählige Scherben eines imaginären, jedoch erschließbaren Gefäßes vor. Dies Dahinziehen in Motiven und die fortschrittlose Bewegung in kurzen Sprüngen vor und zurück, dies lange, lange Würfelspiel, bei dem ich immer noch auf die magische Unbekannte unter allen Augenzahlen zu hoffen scheine, lassen insgesamt auf ein Leben von geringer Tatkraft und großer Saumseligkeit schließen. Der Saum, ja, es war der schmale Lein- oder Treidelpfad, der zuerst an der Lahn und später am Fluß der Ereignisse entlangführte. Stetig und wachsam ihm zu folgen war mein Fleiß. Dabei bin ich meiner Dummheit, meiner Sentimentalität in so reiner Ausprägung begegnet, wie ich sie anderen Menschen immer zu verbergen suchte. Ich habe mich unterwegs befunden, immer nur auf dem Leinpfad neben dem Fluß, und habe mich sonst nirgends ausreichend ausgekannt. Nur auf dem festgelegten Weg, von dem man nicht abirren, nicht abzweigen kann, immer am Fluß entlang, öffnete sich in mir bei jedem Schritt eine »gesellschaftliche« Hülle, ein Trug nach dem anderen fiel ab, bis hin zu den innersten klebrigsten Hüllblättern des frischen Selbstbetrugs. Bei gutem Wetter und schnellem Fortkommen öffnete ich mich vollständig wie eine Pfingstrose im Mailicht.

Dennoch will es mir scheinen, als hätte ich aus tausend Veränderungen, Umstürzen und Digressionen nichts anderes als die Spur der Nachfolge bloßgelegt, das Relief einer Wiederholung, die Oberfläche einer tiefen Prägung gereinigt und geputzt.

So betrachtet, den Leinpfad entlang, habe ich den Verführungen des Lebens mit allen Kräften des Nachlebens widerstanden. Verschlossen wie Emily Dickinson, wie Kierkegaard bleibend daheim, um dem Ahnen ein Nachleben zu sein. Dieselben Stunden am Tisch, die regelmäßigen Mahlzeiten, die Spaziergänge zur Erfrischung. Das Schreiben von Theaterstücken wäre demnach nur ein Karneval gewesen, um die Geister der Gegenwart aus dem Haus zu treiben.

Aber war da nicht noch etwas mehr? Wozu sonst so viele Male O'Neill im Leben …! »Strange Interlude« noch im alten Börsensaal in Frankfurt am Main mit Caninenberg und Müthel. »A Touch of a Poet« mit Hans Söhnker im frühen Fernsehen, »Hughie« bei den Salzburger Festspielen 1960, verspätete Uraufführung mit Werner Hinz und Hans Putz, »Eines langen Tages Reise in die Nacht« in München mit Holtzmann als Sohn, später in Hamburg, Regie Noelte, mit Quadflieg und Wimmer … »Der Eismann kommt« – o wie er kam!
Denn dies war ein Theater, auf dem es einzig Abgänge gab und alle Wege zu Abgängen wurden und kein Auftritt mehr erfolgte. Die Bühne war ein Raum, nur um abzutreten. So kam es zu den stillen Figuren, den Personenbegleitern, die, zuweilen im Kostüm betreßter Diener, jemandem auf einem Lichterfest diskret zur Seite traten, eine gewisse Nachricht flüsterten, sich ebenso dem heftig Handelnden wie dem inbrünstig mit sich selber ringenden Menschen zugesellten, so daß er auf dem Höhepunkt seiner Selbstdarstellung abbrach und sich widerstandslos zum Ausgang eskortieren ließ.

Den Vater und mich verbindet so etwas wie eine bürgerliche Moral des Scheiterns, das über die Generationen sich fortsetzt in unserem schlichten Geschlecht. Und Scheitern reicht tiefer als alle übrigen Spuren, die die Zeit gräbt, egal, ob der eine zwei Kriege überstand, den Kopfschuß, den Verlust aller Habe, oder ob der andere sich mühte, den Wohlstand zu überstehen, die hochmütig verbrachte Jugend, den Eifer der Revolte, die die Zerstörungen der Zerstörten betrieb – tiefer als alles Geschehene oder Geschichte verbindet das Scheitern. Da kann man nichts machen. Es steigt von Erbe zu Erbe. »Welche Liebe ist größer als die Liebe dessen, der wiederholt?« Reinhold Schneider in seinem Philipp II.

Der Briefbeschwerer auf dem Schreibtisch meines Vaters, ein Cabochon, Rundstein aus Onyx, der, wenn ich ihn heute anrühre, mir das Gefühl für die Kleinheit meiner Kinderhand zurückgibt. Auch mit gespreizten Fingern konnte sie ihn nie ganz umfassen, wenn auch der Handteller mit schönem Gefühl sich an die glatte Oberfläche schmiegte. Vom Umfang einer Fliegenpilzhaube, einer Quallenglocke, wenn beide nicht zu ausladend gedacht werden, besaß der Stein die ideale Gestalt für ein Ding, das eines nachdenkenden Menschen Hand schmeichelte. Seine Unterfläche, die den Schriftstücken, Briefen, Zetteln, Rechnungen, Kalenderblättern, Fotos, Kinokarten, Rezepten etc. auflag, war mit einem dünnen grünen Filz beklebt, damit er nicht abrutschte.

Ideal? Das Ding lag vor in seiner Diesheit, seiner haecceitas und körperlichen Abgeschlossenheit. Es bot eine begehrenswerte geschliffene Haut und gehörte zu keinem anderen Teil, es war nirgends kombinier- oder addierbar. Etwas Lebloses, das in seiner vollkommenen Selbstumgrenzung dennoch Strahlung, ja Hauch besaß, wie alle Dinge, die *kein* Teil sind, deren Zweck geringer wiegt als ihre Form, die mit-

hin in das ästhetische Kraftfeld des Menschen eingedrungen sind. Es tut wohl, es ist ein geläutertes Begehren, das weiblich gewölbte Ding anzufassen. Es muß dieses *Utensil*, das lose Papiere vor plötzlichem Luftzug schützt – dies Ding mit dem kleinen beschränkten, einseitigen Nutzen, das durch jedes andere beliebige Ding ersetzbar wäre, sofern es nur beschwert, es muß solch ein Ding schön sein, sonst hat es keine Chance in der materiellen Welt. Es ist ein Stein, nichts als ein bearbeiteter Stein. Jeder etwas gewichtige Gegenstand kann einen Stapel freier Blätter unterdrücken. Ein dickes Buch z.B. täte denselben Dienst, eine Obstschale, eine Zigarrenkiste. Doch der Briefbeschwerer behauptet ein eigenes Genre unter den Dingen. Höher als sein Nutzen rangieren Ansehnlichkeit und Handschmeichelei: eine Freude für die Hand muß er sein; schon bei seinem Anblick muß er ein Berührungsbedürfnis wecken. Und selbst einem Menschen, der keine Hände oder nur zwei verkrüppelte hätte, müßte er das Phantomgefühl der sicheren Hand einflößen, die ein wohlgeformtes Ding begreift.
Ich verstehe nicht, wie ein solcher Stein eine quadratische, scharfkantige, eckige, spitze Form besitzen kann, obschon dies oft genug der Fall ist. Ein Stein auf ungeordneten Papieren, der keine runde Form besäße, er möchte von noch so erlesenem Schnitt oder Material sein, er würde niemals zwischen meiner brütenden Schädelwölbung und den von ihm behüteten Blättern eine stimulierende Schwingung auslösen, die aus beider Gestaltähnlichkeit hervorginge.

Immerhin wäre es denkbar, daß die Menge der freien Zettel derart anwüchse, daß der Stein sie nicht mehr beschweren, nicht mehr niederhalten, vorm Verrutschen, Verwehtwerden bewahren könnte. Der Stapel würde den Stein entmachten, er seinerseits würde von ihm abrutschen oder wäre nur noch ein leichtes Krönchen auf dem Haufen, zu nichts mehr nutze und als Zierde ein Spott. Er hätte es zugelassen, daß weitaus mehr Masse unter ihm sich ansammelt, als sein Gewicht belasten kann. Wenige Zettel, eine Handvoll Briefe, nur einen flachen Stoß kann er beherrschen. Er liegt da einzig als Beschützer gegen den Luftwirbel. Weder vor Feuer noch vor Wasser (das bei Rohrbruch etwa aus der Decke niederginge) kann er das Papier bewahren und die Schrift vor Vergilben, Verblassen auch nur dort, wo auf dem obersten Blatt seine flache, rauhe Unterseite dunkel aufliegt: Hier findet das bleichende, tilgende Licht keinen Zugang.

Zwar kann man viele belastende Gegenstände zum Zweck des Briefebeschwerens verwenden. Man kann indessen nicht einen Briefbeschwerer zu beliebigen anderen Zwecken benutzen. Das ist die unvorteilhafte, schwache Stellung dieses nicht allzu charakteristischen Gegenstands in der Welt der anwendbaren Dinge. Leicht zu verdrängen. Schmalste Nutzbestimmung.

Daß der Stein so fest, die Zettel so lose … Eines Tages wird er nicht mehr zu heben sein von der Notiz, dem Zeitungsausschnitt, der verfallenen Opernkarte, der Adresse eines Immobilienmaklers, den Fitzeln, den längst überholten Memoranden. Übrig blieb: Vermischtes.

Morgen wird die Wohnung entrümpelt. Morgen wird mein Zuhause aufgelöst.

Botho Strauß im dtv

»Ein Erzähler, der für Empfindungen der Liebe Bilder von einer Eindringlichkeit findet, wie sie in der zeitgenössischen Literatur ungewöhnlich sind.«
Rolf Michaelis

Die Widmung
Eine Erzählung
ISBN 978-3-423-**10248**-3

Paare, Passanten
ISBN 978-3-423-**10250**-6

Kalldewey
Farce
ISBN 978-3-423-**10346**-6

Trilogie des Wiedersehens
Groß und klein
Theaterstücke, Szenen
ISBN 978-3-423-**10469**-2

Die Hypochonder
Bekannte Gesichter, gemischte Gefühle
Zwei Theaterstücke
ISBN 978-3-423-**10549**-1

Die Fremdenführerin
Stück in zwei Akten
ISBN 978-3-423-**10943**-7

Der junge Mann
Roman
ISBN 978-3-423-**10774**-7

Angelas Kleider
Nachtstück in zwei Teilen
ISBN 978-3-423-**12437**-9

Theaterstücke I
1972–1978
ISBN 978-3-423-**11747**-0

Theaterstücke II
1981–1991
ISBN 978-3-423-**11748**-7

Theaterstücke III
1993–1999
ISBN 978-3-423-**12853**-7

Theaterstücke IV
2001–2005
ISBN 978-3-423-**13517**-7

Schlußchor
ISBN 978-3-423-**12279**-5

Beginnlosigkeit
Reflexionen über Fleck und Linie
ISBN 978-3-423-**12358**-7

Ithaka
Schauspiel nach den Heimkehr-Gesängen der Odyssee
ISBN 978-3-423-**12595**-6

Botho Strauß im dtv

»Botho Strauß ist und bleibt der große Zeitgenosse unter den deutschen Gegenwartsautoren.«
Volker Hage

Die Fehler des Kopisten
ISBN 978-3-423-**12656**-4

Die Ähnlichen
Der Kuß des Vergessens
Zwei Theaterstücke
ISBN 978-3-423-**12834**-6

Das Partikular
ISBN 978-3-423-**13031**-8

Der Narr und seine Frau heute abend in *Pancomedia*
ISBN 978-3-423-**13274**-9

Die Nacht mit Alice, als Julia ums Haus schlich
ISBN 978-3-423-**13399**-9

Der Untenstehende auf Zehenspitzen
ISBN 978-3-423-**13524**-5

Schändung / Die eine und die andere
Theaterstücke
ISBN 978-3-423-**13627**-3

Mikado
42 kuriose Kalendergeschichten
ISBN 978-3-423-**13788**-1

Die Unbeholfenen
Bewußtseinsnovelle
ISBN 978-3-423-**13827**-7

Vom Aufenthalt
ISBN 978-3-423-**14133**-8

Die Fabeln von der Begegnung
ISBN 978-3-423-**14422**-3

Diese Erinnerung an einen, der nur einen Tag zu Gast war
Gedicht
ISBN 978-3-423-**19007**-7

Rumor
Roman
dtv AutorenBibliothek
ISBN 978-3-423-**19125**-8

Martin Mosebach im dtv

»Mosebach erzählt grandios. Er hat Humor,
er schreibt mit feiner Ironie.«
Stuttgarter Zeitung

Das Grab der Pulcinellen
Erzählungen, Pasticci, Phantasien

ISBN 978-3-423-**12863**-6

Eine wunderbare Sammlung literarischer Spielereien, »ein furioses Fest der Phantasie«. (Tages-Anzeiger)

Das Bett
Roman

ISBN 978-3-423-**13069**-1

»Stephan Korn ist vielleicht eine der besten Schilderungen einer deutsch-jüdischen Existenz zwischen den Zeiten.« (Die Presse)

Der Nebelfürst
Roman

ISBN 978-3-423-**13119**-3

»Mit wenigen Strichen, auf knappstem Raum, zeigt uns Mosebach die alte und die neue Welt in einem labilen Schwebezustand.« (FR)

Ruppertshain
Roman

ISBN 978-3-423-**13159**-9

»Auf ebenso beklemmende wie faszinierende Weise wird der Zerfall einer Gesellschaft beschrieben.« (Die Presse)

Westend
Roman

ISBN 978-3-423-**13240**-4

Von Kommerz und Liebe, von Intrige und Vergeblichkeit und von der Verwandlung einer Stadt und ihrer Gesellschaft in den Aufbaujahren der Republik.

Rotkäppchen und der Wolf
Ein Drama

ISBN 978-3-423-**13493**-4

»Mosebachs Stück ist … Märchen, Burleske und Mysterienspiel in einem … auf verschmitzte Weise Welttheater.« (Süddeutsche Zeitung)

Das Beben
Roman

ISBN 978-3-423-**13568**-9

Es beginnt mit einer Liebesgeschichte im modernen Europa und endet mit einer Flucht in eine andere Welt: Indien.

Die Türkin
Roman

ISBN 978-3-423-**13674**-7

Ein junger Mann aus Frankfurt lässt alles hinter sich und folgt seiner türkischen Geliebten in ihre Heimat …

Martin Mosebach im dtv

»Ein Meister der Metapher, der genauen Beobachtung und des treffenden Sprachwitzes.«
Hannes Stein in der ›Welt‹

Eine lange Nacht
Roman
ISBN 978-3-423-**13738**-6

Die Geschichte einer Karriere aus Not – unter dem nie ganz dunkel werdenden Frankfurter Nachthimmel, der Raum bietet für Liebe und große Träume.

Schöne Literatur
Essays
ISBN 978-3-423-**13837**-6

Martin Mosebach über Literatur und Kunst, Politik und Religion – Essays, die immer unzeitgemäß sind.

Der Mond und das Mädchen
Roman
ISBN 978-3-423-**13902**-1

Eine doppelbödige Liebesgeschichte, ein heiterer Großstadtroman, ein Sommernachtstraum mitten im Frankfurter Bahnhofsviertel.

Was davor geschah
Roman
ISBN 978-3-423-**14105**-5

»Ein Portrait der Frankfurter Gesellschaft, nachgeschärft und zum Funkeln gebracht.« (SZ)

Häresie der Formlosigkeit
Die römische Liturgie und ihr Feind
ISBN 978-3-423-**14147**-5

Über einen revolutionären Kulturbruch: die Abschaffung des Lateinischen als Liturgiesprache.

Als das Reisen noch geholfen hat
Von Büchern und Orten
ISBN 978-3-423-**14304**-2

»Mosebach ist in seinen Reiseessays auf der Suche nach ergreifender Schönheit.« (Die Zeit)

Stadt der wilden Hunde
Nachrichten aus dem alltäglichen Indien
ISBN 978-3-423-**14342**-4

Vom Rattentempel in Deshnok, vom Gott der wilden Hunde, von der Konfrontation mit dem uralten Königtum …

Das Blutbuchenfest
Roman
ISBN 978-3-423-**14441**-4

Unter einer blutroten Buche organisiert ein Geschäftemacher ein Fest: der Auslöser für erotische Verwicklungen, Liebe und Eifersucht.

Thomas Bernhard im dtv

»Wer in eine Übereinstimmung gerät mit dem radikalen Ernst, mit der glitzernd hellen Finsternis der Bernhardschen Innenweltaussagen, ist angesteckt, fühlt sich sicher vor Heuchelei und gefälligen Künstlerposen, leeren Gesten, bloßer Attitüde.«
Gabriele Wohmann im ›Spiegel‹

Die Ursache
Eine Andeutung
ISBN 978-3-423-**13959**-5
Zu Tode gedemütigt, ohne Hoffnung, voller Angst: Thomas Bernhards Internatsjahre zwischen 1943 und 1946.

Der Keller
Eine Entziehung
ISBN 978-3-423-**13960**-1
Die unmittelbare autobiographische Weiterführung der Jugenderinnerungen. Der Bericht setzt ein, als der sechzehnjährige Gymnasiast beschließt, sich seinem bisherigen verhassten Leben zu entziehen …

Der Atem
Eine Entscheidung
ISBN 978-3-423-**13961**-8
»In der Sterbekammer bringt sich der junge Thomas Bernhard selber zur Welt … Aus dem Totenbett befreit er sich, in einem energischen Willensakt, ins zweite Leben.« (Die Zeit)

Die Kälte
Eine Isolation
ISBN 978-3-423-**13962**-5
Mit der Einweisung in die Lungenheilstätte Grafenhof endet der dritte Teil von Thomas Bernhards Jugenderinnerungen, und ein neues Kapitel in der Lebens- und Leidensgeschichte des Achtzehnjährigen beginnt. »Ein Modellfall, der weit über das Medizinische und die Zeitumstände hinausweist.« (Süddeutsche Zeitung)

Ein Kind
ISBN 978-3-423-**13963**-2
Die Schande einer unehelichen Geburt, die Alltagssorgen der Mutter und ihr ständiger Vorwurf: »Du hast mein Leben zerstört« überschatten Thomas Bernhards Kindheitsjahre. »Nur aus Liebe zu meinem Großvater habe ich mich in meiner Kindheit nicht umgebracht«, bekennt Bernhard rückblickend auf jene Zeit. »Ein farbiges, fesselndes Buch.« (Die Welt)